김동인 역사소설 7선

김동인 역사소설 7선

초판 1쇄 인쇄 2012년 07월 31일
초판 1쇄 발행 2012년 08월 07일

지은이 | 김동인
엮은이 | 편집부
펴낸이 | 손형국
펴낸곳 | (주)에세이퍼블리싱
출판등록 | 2004. 12. 1(제2011-77호)
주소 | 153-786 서울시 금천구 가산동 371-28 우림라이온스밸리 C동 101호
홈페이지 | www.book.co.kr
전화번호 | (02)2026-5777
팩스 | (02)2026-5747

ISBN 978-89-6023-951-7 04810
ISBN 978-89-6023-773-5 04810(세트)

일제 강점기
한국현대문학 시리즈

004

김동인
역사소설 7선

김동인 지음 | 편집부 엮음

ESSAY

들어가는 글

〈해를 품은 달〉, 〈뿌리 깊은 나무〉 등의 소설을 팩션이라고 한다. 팩트(fact)와 픽션(fiction)을 합친 단어로 소설로 역사를 읽는 장르를 말한다.

최근엔 이런 팩션을 원작으로 하는 드라마가 인기다.

왜 그런 경향이 나타날까? 재미와 지식, 두 마리 토끼를 잡을 수 있기 때문이다.

한국 근대문학사에서 1930년대는 역사소설의 전성기로 불렸고 그중 김동인의 역사소설은 작가의 상상력이 돋보이고 대중적인 인기가 매우 높았다. 이 책에는 이 시기 김동인이 쓴 역사소설 7편이 실려 있다. 신문에 연재되어 인기가 많았던 작품도 포함돼 있다. 특히 〈왕부의 낙조〉는 공민왕을 다룬 내용으로 드라마나 영화의 단골 소재가 되는 작품이다. 각 편 소설내용 뒤에 역사적인 해설을 덧붙였고 중요한 내용은 연표로 정리해 두었다.

역사를 소설로 읽는 것에 우려를 나타내는 학자도 많다. 그러나 역사 사실과 사실 사이의 빈틈을 추측과 가설이 메우고 있는 것도 사실이기 때문에 소설의 모든 내용을 사실로 받아들이는 우를 범하지만 않는다면 소설로 역사 읽기는 역사에 흥미를 느끼지 못했던 사람들을 탄탄한 문학적 구성으로 유혹해 결국 역사책을 손에 들게 만들 것임에 틀림없다.

물론 소설 속 인물과 역사적 인물의 평가는 다를 수 있다. 같은 인물을 다룬 다른 작품들을 읽으면서 역사적 안목을 길러 가길 당부하며, 소설로 읽는 쉬운 역사 이야기 7편을 통해 우리 역사 이해에 한발 다가서기를 기대한다.

2012년 7월

편집부

차
례

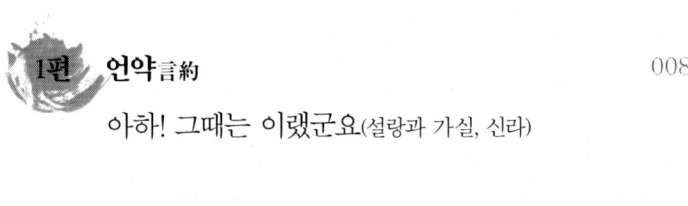
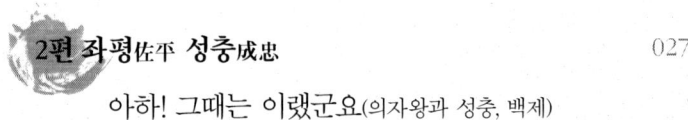
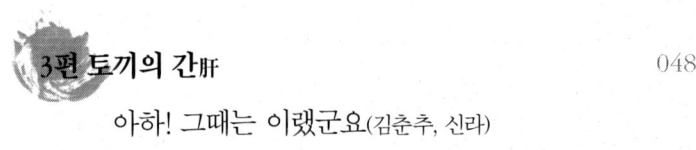
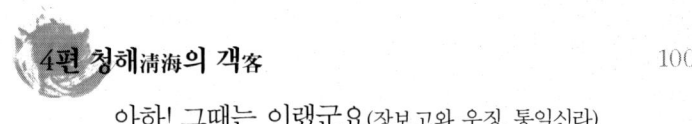

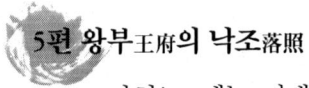

김동인 역사소설

1편

언약 言約

언약
言 約

/

딱한 일이었다.

칠십 줄에 든 늙은 아버지, 그렇지 않아도 인생으로서의 근력이, 줄어들어 갈 연치[1]에, 본시부터 허약하던 몸에다가 또한 일생을 통하여 빈곤하게 살기 때문에, 몸에 적축되었던 영양이 없는 탓인지, 근래 눈에 뜨이게 못 되어가는 아버지의 신체 상태가, 자식 된 도리로서 근심이 여간이 아니던 차인데, 게다가 엎친 데 덮친다고 군졸에 뽑히다니.

칠십 난 노인이 국방을 맡으면 무엇을 감당하랴. 당신 몸 하나도 건사하기 어려워하던 이가 국방군으로? 그러나 피할 수 없는 나라의 분부다.

임지를 물어본즉 고구려와의 국경이라 한다. 일가친척이라고는 자기(열다섯 살의 소녀) 하나밖에는 아무도 없으니 모시고 가서 시중들 수도 없다.

임기는 삼 년간이지만 경우에 따라서는 연장도 한다고 한다.

칠십 난 아버지를 천리 밖 북쪽 나라에 고된 병역살이로 떠나 보내니, 어찌 살아서 다시 뵙기를 기약할 수 있으리오. 어떻게 면할 길이 없냐고도 퍽이나 애써 알아보았다.

그러나 대행代行 - 사람을 사서 대신 보내는 - 길 하나밖에는 없는데 삼 년이라는 날짜를 사람을 산다 하는 것을 빈곤한 자기네들에게는 절대로 생각도 할 수 없는 일이다.

어찌하나.

설랑薛娘이 기막힌 사정 앞에 혼자서 울밖에는 도리가 없었다.

때는 신라 진평왕眞平王 연간이었다.

"컬렁, 컬렁."

내 집에서의 동작도 어려워하는 아버지가, 천리 밖, 겨울엔 여간 춥지 않다는 북국 국경을 - 맹수 초량한다는 불모의 땅에 군졸로 가서 그나마 여러 해를 - 생각하면 벌써 가슴이 탁탁 메고 기가 막혀 생각조차 할 수가 없었다.

부엌에서 밥을 짓노라면 방안에서 울리는 끊어지는 듯한 아버지의 기침소리. 아무리 나라의 분부라 하나, '아아, 어떻게 면할 도리가 없을까.'

아직 연약하고 나약한 소녀 '설랑'은 방안에서 울리는 아버지의 기침소리에 너무 민망하여 얼굴을 돌리면서 한없이 한없이 울었다.

이 설씨 집안에 구세주가 나타났다.

이웃에 사는 가실嘉實이라는 젊은이였다.

가실은 설씨 집안의 딱한 사정에 동정하였다. 그리고 자기가 설 노인을 대신하여 군졸로 가기로 자원하고 나선 것이었다.

이것은 설 노인에게 있어서는 단지 시재의 곤경에서 구원받은 뿐이 아니라, 생명의 은인이라 할 수도 있었다. 병약한 칠십 노인이 삭북지방에 병졸로 간다는 것은 죽는다는 것과 마찬가지다.

인제는 자기가 삼 년 안에 죽는다 할지라도 딸의 따뜻한 간호를 받으면서 편안히 자리에서 죽을 수가 있다. 이런 고마운 일이 어디 있으랴.

"너무도 미안하이그려."

"뭐 저야 젊은 놈이 수삼 년 딴 데 가서 고생을 한단들 뭐입니까?"

"그저 고마우이, 고마워."

늙은 눈에서 줄줄 눈물을 흘리며 가실의 손을 잡고 놓을 줄을 몰랐다.

2

자기를 대신하여 병졸로 떠나는 젊은이를 위하여 설 노인은 술 한 항아리를 빚고 장도를 축복하였다. 그리고 그 좌석에서,

"여보게. 내 저 딸 계집애. 보잘 것 없는 철부지지만 동네에서 그래두 모두 얌전하다구 그래. 자네만 싫다고 않는다면 자네 장차 역 치르고 돌아와서 일생을 거두어 주면 다행이겠네."

이런 말을 하였다.

설랑은 아직 겨우 열다섯 살의 소녀였지만 얌전한 평판이 동네에 높았었다.

"너무 과람²⁾하십니다. 삼 년 치르고 돌아와서 노인님 삼백 년 더 모시리다."

가실은 떠남에 임하여 자기가 기르던 한 마리의 말을 끌고 설랑에게 왔다.

"천하의 양마良馬인데 내가 떠나면 먹여 기를 이가 없소. 내 대신으로 잘 길러서 후일 쓸 데 있을 때에 쓰도록 합시다."

성례는 하지 않았지만 거울을 쪼개어 절반씩 나누어서 후일의 신표로 하기로 하고 가실은 설씨 부녀의 성심의 전별을 받으면서 임지 북국을 향하여 떠났다.

아직 아무것도 모르는 순진한 소녀 설랑이었다. 자기의 집안을 이 난경에서 구하고 늙은 아버지를 구한 가실은 설랑에게 있어서는 하느님이었다. 그 '하느님'에게 대하여 진심으로서의 감사의 염이 가슴에서 우러나왔다. 감사해야겠으니 - 혹은 감사히 생각지 않으면 사람이 아니니 - 등의 의무거나 의식감에서 나온 감사가 아니었다. 그저 황송하고 감사하였다. 아무 관계도 없는 가실이가 무슨 때문에, 남들은 자기의 몫에 닿은 일에도 할 수 있는 만큼은 피하려거든 가실은 무엇 때문에 자진하여 이 고역을 샀는가.

아버지의 말씀을 들으면 이 뒤 가실이가 무사히 돌아오면 이 나를 가실에게 시집보낸다고 약속했다 한다. 그러나 시집이 아니라 시집보다 더한 일이더라도 가실이의 신세에 대해서야 무엇이 과하랴. 가실을 위하여서라면 시집보다 더한 데라도 가 드리리라.

그로부터 설랑의 성격은 퍽이나 변하였다. 남에게 좋은 일을 하면 그 좋은 일을 받는 사람이 얼마나 고마운지 그 점을 몸소 체험한 설랑은, 더욱이 가실이가 자기 몸을 희생하면서까지 남에게 좋은 일을 한 것을 몸소 받아본 설랑은, 그 뒤부터는 할 수 있는 껏 남에게 좋은 일은 따라다니면서 행하였다.

동시에 가실이의 신상, 가실이의 건강을 위하여 늘 걱정하였다. 바람이 맵던가 사납던가 할 때는 '북극은 춥다는데……' 하고 걱정하였다. 새 옷 입은 사람을 볼 때거나 옷을 갈아입을 때마다 옷도 빨아주고 지어줄 사람도 없을 가실을 근심하였다. 맛있는 과일이나 음식과 대할 때는 그곳도 이런 것이 있을까 마음 썼다. 어서 삼 년을 겪고 돌아오기를 눈이 가맣게 기다렸다. 시집간다는 것이 어떤 것인지는 모르지만 좌우간 함께 사는 것은 틀림이 없으니, 그런 튼튼하고 의로운 사람과 어서 바삐 함께 살아보고 싶었다.

3

일 년도 좌우간 지났다.

이 년도 지났다.

삼 년도 다 가서 인젠 오나 보다고 오늘이나 오늘이나 기다릴 때에 의외의 보도가 설랑의 귀를 놀라게 하였다.

'나라에 사정이 생겨서 삼 년 교체가 한 바퀴 연기되어, 더 삼 년을 있어야 한다.'라는 것이었다.

이때는 설랑의 나이 열여덟, 남녀 관계에 있어서도 약간의 짐작이 있고 지난날 의인으로 사모하던 가실에게 좀 더 다른 감정의 눈을 던지기 시작한 때라, 이 보도는 설랑에게는 기막힌 보도였다.

처음에는 아뜩하였다.

아버지께는 면구스럽기도 하고 해서 그런 기색은 감추고, 보이지 않았지만 구미口味[3]까지 딱 줄고 밤에는 잠까지 못 자도록 그 보도는 설랑에게는 가슴 아픈 보도였다.

4

그런데 딸의 이런 감정은 전혀 알 길이 없는 아버지는, 진실로 의외의 말을 꺼내었다. 설랑에게 딴 데 좋은 자리에 시집을 가라는 것이었다.

"아버지. 그게 무슨 말씀이셔요? 가실과의 약속이 있지 않습니까?"

"그러기에 약속대로 삼 년을 기다리지 않았느냐. 과년過年[4]했다가는 후회막급이니라."

"아버님, 가실이가 아버님을 대신해서 기근 신고의 적경賊境[5]에 목숨 내놓고 종군하지 않았습니까. 그 신세를, 사람으로 신세를 모르면 금수보다 무에 낫겠습니까. 좀 생각해 보세요."

딸에게 금수로 책망을 들은 늙은 아버지는 과거의 가실이의 은공이 비로소 생각이 났든지 다시는 거기 대해서는 말이 없었다.

5

연기된 삼 년간 진실로 애타는 마음으로 기다렸다.

의인이요 은인인 가실을 기다리는 것이 아니라, 이번이야말로 남편을 기다리는 안해[6]의 마음으로 기다렸다. 삼 년이라는 기약이 움직일 수 없는 '절대적'의 기약이 아니요, 과거의 경험으로 미루어 경우에 의지하여서는 또다시 연기될 수도 있는 '융통성' 있는 기약이라는 점이, 설랑에게는 불안하였다.

좌우간 또다시 연기되고 안 되고는 그때 당해 볼 일이고, 기약이나 어서 이루어져 일찍이 가실의 몸에 불행이나 없소서 하고 기원하던 그 기원의 정성에 지지 않을 정성으로, 기원드렸다.

6

설랑의 아버지는 부모로서 또한 딸 때문에 걱정하였다. 아버지는 근일 몸이 갑자기 더 쇠약하여 가고 늙음이 현저히 더 나타났다. 그제보다 어제, 어제보다 오늘, 매일매일 눈에 보이게 더 쇠약해 간다.

칠십을 지난 아버지니 이 쇠약은 그의 '인생'의 마지막으로 보아야 할 것이다. 자식 된 욕심은 그렇지 않아 좀 더 여유를 보고 싶지만 나날이 더하여 가는 늙음은 약간의 안심도 허락지 않는다.

나날이 더해가는 늙음을 스스로도 깨달을 수 있는 늙은 아버지는 부모 된 마음으로 자기보다도 딸을 더 걱정하였다. 자기의 늙음은 피할 수 없는 운명이거니와 딸의 늙음은 잘 전환하면 도리어 행복으로 바꾸어 놓을 수가 있겠으므로 그것 때문에 속을 썼었다.

다시 딸에게 시집가라는 말을 꺼내든가 했다가는 큰일을 날

형편이라, 딸에게는 말을 못하고, 그러나 아버지 된 생각에는 딸이 아무리 가실에게 대한 의리로 시집을 안 간다 버틸지라도, 속여서라도, 억지로라도 보내 놓으면 그것은 음양의 화이니 장차의 행복이 되리라, 이러한 판단 아래서 몰래 사람을 놓아서 정혼을 하여 버렸다. 그리고 딸에게는 몰래 혼인날까지 받았다.

7

소위 혼인날, 설랑은 비로소 오늘이 자기의 혼인 잔치의 날이며, 어쩐 영문도 모르고 약간 차린 음식은 자기의 잔치 음식이며, 있다가 신랑이 이리로 온다는 말을 들었다.

설랑은 다만 기가 막혔다. 그 방을 뛰쳐나와 조용한 방을 찾아 들어갔다. 아버지에게 행패라도 하고 싶었다. 단지 의리와 의를 모르는 아버지로 볼 때는 행패도 할 수가 있었다.

그러나 지금 가실에게 다만 은인이요 의인이라는 감정 이외의 자기 혼자로서의(여인으로서의) 유다른 감정을 품고 있는 설랑은, 자기의 사사로운 감정으로 아버지에게 행패를 하는 것 같아서 차마 그럴 용기가 없었다.

게다가 삼 년 전보다도 말이 못 되게 늙으신 아버지 - 또한 추호만치도 아버지 당신을 위해서가 아니고 - 전혀 자기 설랑을 위하여 하신 일임에랴.

'아버지를 원망하든가 좋지 않게 보든가 하는 일은 당연 그만 두자. 그러나 가실에게 대한 의리, 은애 어느 점으로 보든가 간에, 아버지의 분부만은 복종을 할 수가 도저히 없다.

이 집을 벗어나서 도망하자. 가실이가 있는 곳이 북국 고구려라니 고구려가 어느 방향으로 붙었는지 얼마나 먼 곳인지는 전혀 모르는 바이나, 길에서 만나는 사람에게 묻고 또 물어서 천 리면 천 리 만 리면 만 리 좌우간 가보자. 사람이 가는 곳이니 낸들 어찌 못 갈 것인가.

신랑이라는 사람이 낮 기울어 온다 하니 그 전에 이 집을 떠나자.'

8

설랑은 아버지의 방에 다시 잠깐 들어갔다. 모르게나마 하직을 하기 위해서였다. 떠나는 몸이니 떠나는 이 마지막 순간에나마 아버지께 불평의 안색을 아니 보이고자 억지로 얼굴에 화기를 장식한 것이었다.

딸에게 일종의 '죄'를 범한 늙은 아버지는 딸이 무슨 항의나 할까 하고 내심 적지 않게 겁을 먹고 있던 차에, 설랑이 비교적 온화한 얼굴로 들어오므로 몹시 미안하고 거북한 태도가 역연히[7] 나타나 있었다.

"몸이 아프든가 한 데는 없느냐."

"없어요."

늙은 아버지는 무슨 이야기를 연해 해서, 방안의 기분을 무겁지 않게 전환하려고 애를 쓰는 것이 분명하였다.

그러나 설랑은 다만 잠깐 아버지와 조용히 마주 앉아 다시 뵙지 못할 아버지와의 마지막 하직을 고요한 마음으로 하고 싶었다.

아버지가 너무나 다변한 데 불쾌하여 설랑은 예정보다 빨리 몸을 일으켰다.

'아버지. 하직이올시다. 하직이올시다.'

아버지는 모르지만 자기는 하직하러 들어왔던 설랑은 쏟아지려는 눈물을 억제하고 나왔다. 방안에서는 죽자 하고 울음을 참았지만 방 밖에 나서면서는 더 참을 수 없어서 문고리를 잡고 울었다.

9

작다란 보퉁이를 치마 아래 감추고 집 모퉁이를 돌아가려 할 때에,

"쿵쿵."

하는 소리와 함께,

"호호홍."

하는 우렁찬 소리가 났다.

설랑은 깜짝 놀랐다. 외양간으로 뛰쳐 들어갔다.

가실이가 북극으로 병졸로 간 이래 육 년. 갈 때에 임하여 설랑에게 '양마이니 잘 길러 달라'고 부탁하여 육 년간을 설랑이 손수 죽을 먹이며 길러 오던 말이 지금 설랑을 부른 것이었다.

외양간에 들어가니 말은 반가운 듯이 그의 기다란 얼굴을 설랑에게 부비며 코로 바람을 토하는 것이었다.

떠남에 임하여 가실이가 맡기고 간 말을 만난 설랑. 말의 얼굴을 쓸어안고 소리 없이 울고 있었다.

10

툭!

누가 어깨를 치는 바람에 펄떡 정신을 차리고 머리를 들었다.

설랑은 와락 달려들었다. 자기의 어깨를 친 사람을 쓸어안았다. 체면을 불구하고 통곡하였다.

거기는 오매불망의 가실이가 서 있지 않은가.

가실이로 볼 수가 없었다. 설랑이 아니면 알아보지도 못했을 것이다.

옷이 남루하고 추한 것은 그만 두고, 사람이 야위면 이렇게도 되는가 하고 경탄할 만치 한 개 송곳, 송곳도 극히 가는 송곳이었다.

//

외양간에서 나는 때 아닌 통곡성에 가인이며 잔치구경 왔던 사람들이 모여들었다. 그리고 거기에 웬 거지가, 설랑을 때리는 것(그렇게들 보았다)을 보고 웬 놈이냐고 야단들을 하였다.

가실이가 스스로 자기의 이름을 말하고 설랑이 증명까지 하였지만 처음 한참은 좀체 믿지 않았다. 그만치 가실은 야윈 위에 또 변하였던 것이다.

떠날 때에 설랑과 나누었던 거울까지 내놓아 맞추어 보고, 그 밖에 가실이의 본 특징까지 모두 들추어내어 이 거지가 가실임에 틀림이 없다고 확인시키기에는 한참의 시간이 걸렸다.

설랑의 아버지는 울어서 딸과 이 사위에게 사죄하였다.

떠날 때에 그렇게 튼튼하고 건강하던 젊은이가 종군從軍[8] 육 년에 이렇게 알아볼 수까지 없도록 변한 것으로 보아서, 어렵다 어럽다 말은 들었지만 종군이 얼마나 어려운 것인지를 지금 눈앞에 실지로 볼 수가 있는 설랑의 아버지는, 이 고역을 쓰다 하지 않고 달게 받고 떠난 가실이의 행동에 다시금 울면서 감격하였다.

『신소녀新少女』, 1946년

---

1) **연치**: 나이의 높임말.
2) **과람**: 분수에 넘침.
3) **구미口味**: 입맛.
4) **과년過年**: 여자 나이가 혼인할 시기를 지남.
5) **적경賊境**: 적국의 국경.
6) **안해**: 아내.
7) **역연히**: 숨길 수 없을 만큼 분명히.
8) **종군從軍**: 군대를 따라 싸움터에 나감.

아하! 그때는 이랬군요

진평왕은 신라 제26대 왕으로, 13살에 왕위에 올라 54년을 재임하여 신라에서 가장 오랫동안 왕위에 있었던 인물이었고, 할아버지 진흥왕의 영토확장과 국력신장을 마무리하여 삼국통일의 터전을 잡았던 왕이었다.

진평왕의 아버지 동륜은 불명예스럽게 죽었고 그때 진평왕의 나이 겨우 5살이었다. 동륜의 죽음으로 왕이 된 그의 아우 금륜(진지왕)은 행실이 바르지 못하여 자리에 오른 지 4년 만에 화백회의에 의해 폐위되고, 20대 후반의 아직 젊은 나이로 세상을 떠났다.

진지왕에게도 아들이 있었는데 나중에 진평의 딸 천명공주와 결혼하여 김춘추를 낳았다. 진평왕은 삼촌이 죽고 13살의 어린 나이에 왕위에 올라 할머니인 사도부인이 수렴청정을 했다.

진평왕은 왕위에 올라 동생들을 갈문왕으로 삼았다. 둘은 형의 좌우에서 형의 말을 충실히 듣는 심복으로 자라갔고, 자연스레 사도부인 같은 기존 세력을 견제하는 역할을 하였다. 비록 나이가 어렸지만, 진평은 결코 호락호락한 왕이 아니었다.

진평왕은 재위 6년 째 되던 해에 건복建福이라는 연호를 썼다. 할아버지 진흥왕이 그랬던 것처럼, 신라만의 독자성을 세우고, 관제의 정비와 적극적인 외교정책을 실시해 강력한 왕권을 수립할 수 있었다.

13년에는 남산성을 쌓고 이어서 명활성을 고쳐 쌓았다. 수도의 주변 경계를 확실히 하자는 뜻이면서 나아가 이웃인 백제와 고구려에 대항하여 싸울 준비를 하는 것이기도 했다.

성골 집단을 더욱 공고히 하여, 결국 딸인 덕만으로 왕위를 이었는데 곧 선덕여왕이다.

Tip | 왕위계보

24대 진흥왕

첫째아들-동륜 - 26대 진평왕 - 덕만(27대 선덕여왕)

둘째아들-금륜(25대 진지왕) - 용수(용춘)

『삼국사기』 설씨녀전의 기록이다.

신라의 왕경 사량부에 가실이란 청년이 살고 있었다. 그는 이웃 동네 율리(栗里)의 설씨의 딸(薛氏女)을 좋아했다. 그녀는 가난했지만 단정했고 행실이 좋았으며 남자들은 누구나 그녀를 흠모했지만 감히 가까이 가지 못했다.

그녀에게는 병들고 나이 많은 아버지가 계셨는데 어느 날 군졸로 뽑혀 국경을 지키는 일에 징발되었다. 당시 신라는 백제와 고구려, 왜의 공격을 받고 있었기 때문에 국가는 개인의 사정을

고려치 않았고 병사 수효 부과에만 신경을 썼기 때문에 늙어 죽을 때까지 병역의 의무로부터 자유롭지 못했다

무남독녀인 설씨녀는 고민에 빠졌고 평소에 그녀를 흠모해왔던 가실이 아버지를 대신해 병역의 의무를 지겠다고 했다. 당시에 병역에서 대역은 용인되고 있었다. 가실이 돌아오면 혼례를 올리기로 하고 설씨녀는 징표로 거울을 주었고 가실은 키우던 말을 맡았다. 가실은 경남 산청읍 정곡, 백제와의 국경을 방어하는 근무를 하게 되었다.

624년 가실이 복무하던 곳에 백제 무왕이 이끄는 군대가 침략했고 성은 포위돼 대부분 전사했지만 운 좋게 살아남았다가 전쟁이 장기화되면서 절대 병력이 모자라는 상황에서 다시 군복무를 해야 했다. 당시는 3년이 의무였지만 재연장은 다반사였다.

우여곡절 끝에 가실은 돌아와 설씨녀와 혼례를 치르고 잘 살았다는 얘기다.

연표

579년_ 진평왕 즉위.

584년_ 연호를 건복이라고 고침.

605년_ 승려 담육을 수에 유학시켜 불교의 진흥을 꾀함.

629년_ 김유신 등을 시켜 고구려의 낭비성을 공격.

2편

좌평佐平 성충成忠

좌평 성충
佐平 成忠

/

그것은 봄답지 않은 암담한 봄날이었다.

들에는 기화요초[1]가 만발하고 새와 온갖 나비 날아드는, 말하자면 절기로는 봄임에 틀림이 없었지만 백성의 기분에는 봄답지 않은 암류가 흐르고 있었다.

백제 의자왕義慈王 16년 춘삼월.

겨우내 혹독한 추위에 얼었던 땅이 따스한 봄기운에 녹아남에 따라서 추위를 피하느라고 방에 꾹 박혀 있던 백제의 백성들도 길거리로 나다니기는 하지만 얼굴에는 음삼陰森한 기색과 근심이 서리어 있었다.

웬만한 근심 웬만한 수심은 모두 녹여 버리는 호시절인 봄이거늘 백제창생의 근심은 이 시절의 힘으로도 녹여 버릴 수가 없었다.

그들의 근심은 다른 것이 아니었다. 국왕의 방탕과 국력의 쇠약에 겸하여 이 백제의 쇠약을 호시탐탐 기다리는 신라나라의 태도가 그들의 근심의 근원이었다.

지금 왕 - 선왕인 무왕武王의 아드님 -은 지극히도 담략과 패기가 있는 분이어서 그 등극 초에는 백제의 창생이 그야말로 이 명군의 앞에 삼국 통일의 대업이 이루어지리라고까지 믿었던 바였다.

이 현철하고 용감하고 자비한 왕은 등극 초에는 극력으로 국력 양성과 국토 확장에 힘을 써서 인방隣邦 신라 같은 나라는 백제에 병합이 되지 않나 생각 키울 만하였다. 신라의 변방은 모두 이 왕의 정복한바 되어 미후彌帿 대야성大耶城 등 신라의 거성이 모두 이 왕에게 항복한 일이 있었다.

그러나 그 업적이 십 년이 넘으면서부터는 왕은 인제는 안심을 한 탓인지 차차 안일에 빠지게 되었다. 삼천 후궁을 데리고 만날 큰 연회를 열고 혹은 사냥을 하고, 여기 침닉한 왕은 인젠 국사를 돌보려 하지도 않았다. 왕정이 차차 흐리게 되었는지라 국력도 자연히 쇠약하게 되었다.

왕이 현철2)하기 때문에 숱한 욕을 보고도 감히 대항할 생각을 못하던 신라는 백제의 왕도가 차차 흐려 가는 기회를 타서 복수전의 준비를 차리기 시작하였다. 더구나 신라에도 태종 무열왕이 등극하고 명장 김유신 등이 속출하면서부터는 인제는 깔보지 못할 형세인데다가 더욱이 복수의 일념까지 강하게 되었으니 백제의 마음 있는 자는 물론 근심치 않을 수가 없었다.

그런데도 불구하고 왕은 나날이 연락[3]만 즐기고 왕도는 돌볼 생각도 안 한다.

이렇기 때문에 백제의 민심은 전전긍긍하였다. 춘삼월 좋은 시절이지만 백제 백성들의 얼굴에서는 겨울의 음산한 기분이 그냥 사라지지 않았다.

인심은 흉흉하고 암담하지만 그래도 시절은 봄이라고 복사꽃 살구꽃이 민가의 울 너머서 찬란한 빛을 자랑하고 있다.

그 꽃들을 음산한 낯으로 바라보면서 말고삐를 채며 가는 사람, 그는 이 백제의 재상 성충成忠이었다.

약간 부는 꽃바람에 나부끼는 백발을 성가신 듯이 왼손을 들어서 쓰다듬으면서 말을 재촉하여 대궐로 간다.

주색에 빠진 왕께 마지막 충간을 하여보려고 입궐하는 길이었다. 그새도 누차 간하여 보지 않은 바는 아니었지만 오늘은 최후의 역간[3]을 하여볼 결심으로 입궐을 하는 길이었다.

역간을 하여 그래도 듣지 않으면 자기의 이 늙은 목숨까지도 내어던지려 이미 가족과도 작별을 하고 자식에게는 뒤 탁까지 하고 집을 떠난 것이었다.

지금 입궐이 최후의 길, 만약 인군으로서 자기의 간을 용납하여 주면 이에 더 기쁜 일이 없겠거니와 그렇지 못하면 이 길이 마지막 길이로다. 나부끼는 꽃가지도 마지막 구경이로다. 이 애미의 안장도 마지막이로다. 밝은 일월도 마지막이로다.

나라를 위하여 바치는 목숨이 아깝기는 무엇이 아까우랴만 그래도 이 길이 마지막인가 하면 쓸쓸한 심사는 억제키 어려웠다. 적적한 눈을 들어서 꽃빛을 보는 재상의 눈에는 엷은 눈물의 흔적까지 있었다.

"상감마마."

그날도 좌우에 궁녀를 늘이고 연락에 잠겨 있는 왕의 어전에 성충은 꿇어 엎드렸다.

"상감마마."

비 오듯 쏟아지는 눈물.

"오오. 좌평5)(佐平-성충의 벼슬 이름) 참 잘 왔소. 마침 무경하던 때에."

잘 왔다 하나 내심으로는 귀찮다는 기색이 분명하였다. 이 잔소리 잘 하는 재상이 또 무슨 귀찮은 소리를 하려 함인가 하는 기색이 분명하였다.

"상감마마."

"누구 좌평에게 술을 따라라."

"상감마마."

"좌평. 자, 이 꽃 피고 새 노래하는 시절에 술이나 한 잔 받으오."

궁녀가 따라 가지고 성충의 앞에 갖다 놓는 술. 성충은 눈을 들어서 궁녀를 흘겼다. 그 서슬에 뒤로 물러가는 궁녀를 버려두고 이번은 눈을 왕에게로 돌렸다.

"상감마마."

그러나 이 늙은이의 잔소리를 미리 짐작하는 왕은 피하려 달려들었다. 왕은 성충의 말을 못 들은 체하였다.

"어 취해. 누구 무릎 좀 가져 오너라."

그러고는 마치 취하여 정신을 못 차리겠다는 듯이 그 자리에 드러누울 준비를 시작하였다.

궁녀 한 사람이 빨리 무릎을 왕의 머리 아래로 바치려고 하였다.

성충은 왕의 내심을 뻔히 안다. 요 맛술로는 왕은 이렇듯 취하지 않을 것이다. 단지 성충 자기를 피하기 위하여 취한 체하는 것이었다.

성충은 무릎걸음으로 왕의 가까이 나아갔다. 그리고 손을 들어서 바야흐로 왕께 무릎을 바치려는 궁녀를 떼밀었다.

"노부의 무릎, 더럽고 뼈투성이지만 충성의 무릎이옵니다. 받으시옵소서."

그리고 자기의 무릎을 왕의 머리 아래로 디밀었다.

한 각.

두 각.

고요한 전내에 왕께 무릎을 바치고 단연히 꿇어 앉아 있는 늙은 재상.

머리에는 천 가지 만 가지의 생각이 왕래하였다.

돌아보건대 이 인군의 통솔 아래 미후성 이하 신라 사십여 주를 정벌할 때에 하늘 아래 이 인군을 당할 자 어디 있었느냐. 항복치 않으면 치고 치면 반드시 이기는 전승군의 통수자로서의 이 용감하던 인군.

강대함을 자랑하던 신라도 이 인군의 지휘도 아래는 마치 수레를 반항하는 당랑과 같지 않았던가. 온조溫祚대왕 건국 이래 칠백 년에 가까운 백제가 이 왕의 초년만치 혁혁하였던 때가 언제 있었느냐.

그렇던 왕의 오늘의 이 난정은 어떠하냐. 지금 신라는 호시탐탐 복수전을 꾀하고 있고 당나라까지 신라와 연합하여 변방을 침략할 기세가 보이는 이때에 국왕은 국사를 잊고 오로지 주색에만 잠겨 있으니, 마음 있는 자 어찌 가슴 아프지 않으랴.

인군도 사람인 이상에는 때로는 유혹에 빠지기도 오히려 예사일 것이다. 신하 된 자가 이런 때에 인군께 역간하여 인군으로 하여금 길을 돌게 하지 못하면 신도臣道를 다하지 못하는 배다.

지금 백제의 조정에는 적지 않은 수효의 신하가 있다 하지만 신도를 다할 만한 신하가 과연 몇이나 되느냐. 이런 때에 임하여 선왕 적부터 받은 그 큰 은혜에 보답이 없으면 사람이 아니다. 이미 늙은 몸 언제 죽더라도 아깝지 않은 몸, 바치자. 나라와 인군을 위하여 바치자. 이 늙은 머리를 백제의 주춧돌을 삼자.

널따란 전내에서 왕께 무릎을 바치고 고요히 앉아 있는 늙은 재상의 얼굴에는 다시금 결심의 빛이 나타났다.

왕은 누차 눈을 뜨려 하다가는 다시 잠든 체하여 버리고 한다.

아아. 왜 이렇듯 왕은 나를 꺼리느냐. 자기인들 평안하기를 싫어하며 놀기를 싫어하랴. 어의에 맞추어서 더욱이 총애나 사면 일신상에야 오죽 평안하랴. 그러나 그런 일을 하지 않고 어의에 거슬리는 일을 하려는 것은 오로지 나라를 위함이요 인군을 위함이거늘 인군께서는 왜 이다지도 자기를 꺼리시나.

또 한 각. 두 각.

그냥 성충이 지키는지라 그냥 일어나지 못하는 왕께 그래도 무릎을 그냥 바치고 있는 재상. 발이 저리고 오금이 쏘았다. 늙은 몸 가만 누워 있을지라도 사지가 쏠 것이거늘 이렇듯 꿈적을 못하고 있으니까 인제는 온몸이 거의 쓰지 못할 만치 저리다.

그러면서도 그냥 꿈적을 않고 있는 이 마음을 인군께서는 왜 몰라주시나? 눈물이 핑 돌았다.

그 돌던 눈물은 드디어 눈시울에 맺혔다. 맺혔던 눈물은 툭 떨어졌다. 성충은 깜짝 놀랐다. 눈물이 왕의 이마에 떨어진 것이었다.

순간 왕이 벌떡 일어났다. 아직껏 깊이 잠든 체하던 왕이 한 방울 눈물에 벌떡 일어난 것이었다. 일어나는 순간 소매를 들어 이마를 닦았다.

"엑, 더러워!"

펄떡 놀라서 물러앉는 늙은 재상을 흘기는 왕의 눈자위는 무서웠다.

"더러워! 비즙[6]鼻汁을!"

"상감마마."

"그래 내게 비즙을!"

"상감마마."

"누구 없느냐. 소시할 물을 가져오너라!"

이 소란에 궁녀 몇이 전내로 달려왔다.

"소시할 물을 가져오너라. 좌평이 비즙을 내게 뿌렸다. 에익 더러운 괘씸한!"

"상감마마! 비즙이 아니오라 소신의 눈물이옵니다."

"소시할 물을!"

궁녀의 갖다 바치는 소세 물에 왕은 더러운 듯이 얼굴을 활활 씻었다. 그러고는 벌떡 일어서서 내전으로 들어가려 하였다.

인제는 최후의 길밖에 없었다. 인제 인군을 놓쳤다가는 다시는 인군은 자기를 보지 않을 것이다. 이 기회를 놓쳤다가는 이 왕께 다시 간할 기회가 없겠는지라 이 마지막 기회는 결코 놓쳤다가는 안 된다. 예사로운 간을 왕이 듣지 않는 때에는 최후의 방도를 쓰려던 그 방도를 쓸 밖에 도리가 없었다.

성충은 한 걸음 뛰었다. 떨치는 왕의 소매를 꽉 붙들었다.

"상감마마."

"에익!"

"상감마마. 잠깐만!"

"소매를 놓으오."

"못 놓겠습니다. 상감마마 잠깐만 앉읍시오."

"누구 좌평을 끌어내라!"

왕명에 좌우로 모여드는 궁액들에게 성충은 몸을 틀어서 돌아보며 고요히 호령하였다.

"물렀거라."

이 늙은 재상의 위세에 주춤하는 궁액들을 깔보며 성충은 몸을 일으켰다.

"상감마마."

일어선 성충. 말로는 상감마마 하나 억압하는 태도였다.

"상감마마. 잠시 진정하시고 소신의 주상하는 바를 들어 주시기를 바라옵니다. 아니, 소신의 주상이 아니오라 선묘 전하의 유탁에 의지하온 선묘의 유지를 소신이 대언하는 배옵니다. 선묘 대점[7]大漸시에 소신을 와내[8]臥內에 소치[9]하시고 소신께 상감마마를 부탁하시던 그 유탁을 상감마마도 기억하실 것이나 천추만세 후에 이 성충을 나로 알고 의지하고 믿고 어려운 일이 있거든 의론해라 하시던 유탁, 상감마마는 벌써 잊으셨나이까. 그 거룩하신 유탁에 의지하여 오늘 소신이 주상하옵는 말씀, 이는 소신의 주상이 아니오라 선묘의 어명이옵니다."

"상감! 정신을 차립쇼. 온조대왕 이래로 칠백 년간을 온전히 물려 내려온 이 사직이 바야흐로 위대롭지 않습니까? 이 사직 여차

하는 날에는 상감은 무엇으로서 사죄를 하시렵니까. 술을 삼갑
쇼. 계집을 삼갑쇼. 정신을 차립쇼. 신라의 군비를 경계할 줄을
아십쇼. 당적唐賊을 방비할 꾀를 차리십쇼. 지금 정신 차리지 않
았다가는 한을 천추에 남기리다. 충신의 충언을 쓰다 마십쇼."

위연히 서서 왕을 호령을 한 뒤에 성충은 뒷걸음처 물러서 다
시 꿇어 엎드렸다.

"상감마마."

할 말을 다 한 뒤에는 목이 메어 말이 나오지 않았다.

"상감마마, 상감마마."

눈물만 비 오듯 하였다.

성충은 드디어 왕옥王獄에 갇힌바 되었다. 용안에 콧물을 떨
어뜨렸다는 것이 제일 죄목이었다.

왕령을 거슬렀다는 것이 제이 죄목이었다.

신하의 도리로 왕을 호령하였다는 것이 제삼 죄목이었다.

이 태평성대에 요망스러운 소리를 하여 민심을 소란케 한다
는 것이 제사 죄목이었다.

이러한 명목으로 성충을 옥에 내린 뒤에 인제는 더 역간을
할 신하도 없는 시원한 천지에서 왕은 더욱 더 주색을 즐겼다.

마음에 간하고 싶은 생각을 가진 신하도 없는 바는 아니었
다. 그러나 간한댔자 마이동풍이며 효력이 없는 간을 한 뒤에
는 제 몸에 재앙이 내리겠는지라 모두들 입을 봉해 버렸다. 그

러고는 이 난륜[10]의 왕을 피하기 위하여 조정을 떠나서 농사나 벗을 하였다.

이리하여 인제는 차차 충신은 떠나는 조정에서 왕과 소인배들이 제 멋대로 놀아나서 조정은 난잡함이 되고 암담한 기분은 온 백제를 덮었다.

2

옥에 갇힌 성충.

왕의 노염을 사기 때문에 받은 악형으로 인하여 찢어지고 부서지고 부러진 늙은 몸을 옥 안에서 천천히 굴면서도 그래도 국사는 잊을 수가 없었다.

가만 생각하면 생각할수록 가까운 장래에 반드시 큰 전쟁이 있을 것이다.

나날이 창성해 가는 신라와 나날이 위축해 가는 백제인지라 반드시 가까운 장래에 전쟁이 벌어질 것이다.

이때를 방비할 자 누구냐. 이때에 임하여 이 국운을 그래도 버티어 볼 자 누구냐. 몸과 마음이 너무도 아프기 때문에 잠도 못 자고 음식도 받지 않았으므로 인제는 손가락 하나 움직일 수 없도록 쇠약한 성충이었다.

늙은 몸에 받은 외부적 상처와 아울러 불면불식으로 말미암아 받은 생리적 쇠약까지 겸한 위에다가 심로心勞까지 합친지라 인제 다시 생명이 유지되기는 가망도 없다. 어차피 수일 내로 죽을 몸. 단지 그래도 마음에 꺼리는 바는 망국 유신이되리라는 근심이다.

온몸이 쑤신다. 부서진 뼈의 마디마디가 숨 쉴 때마다 버걱버걱한다. 이 고통 아래서 망연히 창으로 우러러보면 그래도 봄이라고 창틈으로 멀리 꽃가지가 보인다.

'봄!'

아아. 백성의 마음에는 언제나 봄이 이르려느냐.

3

며칠이나 지났는지 모른다. 옥 안에서 지내는 날은 짧은 듯하고도 길고, 긴 듯하고도 짧아서 밝았다가는 어둡고 어두웠다가는 도로 밝는 날이 벌써 며칠이나 지났는지.

그 어떤 날 아침 성충은 간신히 몸을 일으켰다. 부석부석 몸을 일으킬 때에 부러진 다리뼈가 가죽을 버티어 유난히 두드러진다.

몸을 일으킨 성충은 겨우 부비적부비적 하여 북향으로 돌아앉았다. 그리고 잠시 합장을 하고 있다가 간신히 꿇어 엎드려

절을 한 뒤에 자유로이 움직이지 않는 팔을 겨우 써서 어떻게 자기의 속옷을 벗었다.

그 속옷을 무릎 앞에 펴 놓았다. 그런 뒤에 손가락을 입에 넣고 힘을 주어서 깨물었다. 딱! 하는 소리와 함께 입 안으로 뜨거운 피가 수르르 떨어질 적에 성충은 그 손가락으로써 앞에 펴 놓은 속옷에 마지막 상소문을 썼다.

전하여! 마지막 상소로소이다.

전하는 소신을 잊어버리셨으나 소신은 전하를 잊을 수 없어 죽음에 임하여 마지막으로 또 한 번 상소하나이다.

어지럽고 아픈 몸이오라 문식[11]文飾은 할 여가가 없사오니 소신의 생각하는 바만 황황히 기록하나이다.

지금 시세의 변함을 살피옵건대 반드시 가까운 장래에 큰 전쟁이 있을 줄 믿사옵니다. 전쟁에는 선공을 상으로 삼되 선공이 불능한 때는 방비라도 충분히 하지 않으면 안 될 것이오니 우리나라의 지세를 살피옵건대 상류上流에 진陳하여서 적을 막은 연후에야 능히 국토를 보전할 수가 있을 것이오며 적병이 강역을 침노한다 할지라도 육로로는 탄현[12]炭峴을 굳게 지키옵고 수로로는 기벌포[13]伎伐浦를 힘써 막으면, 적병이 능히 경도를 침범치 못할 줄 아오니 전하 비록 유연[14]游宴에서 떠나실 여가가 없으시더라도 장군 계백階伯에게 하명하와 이 두 길만이리도 미리 방비하여 두면 소신 죽을지라도 능히 눈을 감을 수 있겠사옵니다.

 차차 정신이 혼미하와 더 아뢰지 못하옵니다. 전하 만수무강하옵소
서. 소신은 황천에서 전하와 백제의 만만세를 축수하오리다.

 피가 마르면 다시 손을 깨물고 하여 간신히 썼다.

 그 뒤에 또 한 장 장군 계백에게도 쓰려고 하였으나 인젠 더
기운이 없었다. 성충은 옥사정을 불러서 이 상소문을 전하였
다. 그런 뒤에는 그 자리에 고요히 엎드렸다.

                                4

 성충의 상소문이 대궐에 들어온 때는 왕은 여전히 후원에 자
리를 하고 큰 잔치를 할 때였다.

 왕은 처음에는 무엇인지 모르고 그 옷소매를 받아 펴보고 깜
짝 놀랐다. 옷소매에 아직 마르지도 않은 피의 흔적은 왕의 가
슴을 서늘케 하였다.

 왕은 그 상소문을 휙 내어던졌다. 무슨 더러운 물건이라도 있
는 듯이 손까지 털었다.

 그날 성충을 옥에 내린 뒤에는 성충의 존재를 벌써 잊어버렸
던 왕이었다.

왕의 좌우에 모시는 소인들도 성충에 관한 말은 일체 하지 않았다. 그래서 기억에서 사라졌던 일이 이 피 묻은 옷소매 때문에 다시 소생한 것이었다.

"이게 뭐냐. 더럽게, 멀리 집어치워 버려라."

성충의 이 마지막 혈서도 읽어 보려고도 않았다. 그리고 이 즐거운 연회의 흥을 깨뜨린 더러운 물건이라 하여 그냥 내어버렸다.

5

이 날 장군청에 입직해 있던 계백 장군은 연회장에서 수군수군 새어 나오는 이 소문을 어렴풋이 들었다.

뜻 있는 신하들은 한 사람 두 사람 모두 물러간 이 백제 조정에 그래도 아직 한 사람이 남아 있었다. 인군이 황음하다고 나라를 버리면 이 나라를 지킬 자 누구냐. 인제라도 신라의 연합군이 몰려오면 이 나라를 지킬 자 누구냐. 이러한 마음으로써 동료들이 모두 은퇴하고 소인들만 남아 있는 이 조정에 노 장군 계백은 그냥 홀로 남아 지키고 있던 것이다.

그 약관[15]시대弱冠時代부터 함께 나라를 지켜 오던 성충을 옥에 보내고 항상 마음을 쓰던 이 노 장군은 이날 이 소문을 들고 곧 연회장인 후원 근처로 들어갔다. 그리고 궁액을 불러서 아까 성충의 혈서를 어디다 버렸는가 물어 보았다.

장군은 그것을 얻어 내었다.

자자구구가 중국의 글자로 된 피 글씨를 얻어 편 노 장군은 묵연히 서서 탄식하였다. 그의 굳게 닫힌 눈가에서는 눈물이 줄줄 주름살 잡힌 얼굴로 흘러내렸다.

"성 좌평. 계백이 아직 살아 있는 동안이야 어찌 귀공의 뜻을 저버리리까? 좌평의 심모원려[16] 전하가 불고하신다 해도 계백이 맡아서 당하리다."

어서 좌평을 가서 만나자. 글로 보매 임종도 경각인 모양, 임종키 전에 가서 마지막 손이라도 잡아 보고 마지막 위로라도 하여서 눈을 감게 하자.

계백은 성충이 갇혀 있는 왕옥으로 걸음을 빨리하여 갔다.

6

"옥문을 열어라."

노 장군의 위엄 있는 호령에 옥사정은 문을 열어 주었다.

옥사정이 열어 주는 문으로 썩 들어서 보매 성충은 북향하여 고요히 엎드려 있다. 옥에 갇힌 이라 빗질을 못하여 산산이 헤어진 그의 백발의 머리가 움직임도 없이.

계백은 잠시 기다렸다. 성충이 일어나든가 몸을 움직이기를 고요히 기다렸다. 반각, 거의 한 각이나 지나도 성충은 그냥 그 자세대로 엎드려서 움직이지를 않는다. 여기서 비로소 의심이 덜컥 난 계백이 달려가서 성충을 흔들어보매 성충의 몸은 벌써 차디찬 주검으로 변하여 있다.

갑자기 옥 안에서 나는 이상한 소리에 옥사정이 놀라서 달려와 보매 노 장군 계백이 성충의 시체를 끌어안고 발을 구르며 통곡을 하는 것이었다.

『월간月刊 야담野談』, 1935년

---

1) **기화요초**: 옥 같이 고운 꽃과 풀.
2) **현철**: 어질고 사리에 밝음.
3) **역간**: 힘써 간함.
4) **연락**: 잔치를 베풀고 즐김.
5) **좌평佐平**: 백제의 16관등의 첫째 등급.
6) **비즙鼻汁**: 콧물.
7) **대점大漸**: 임금의 병세가 아주 위독함.
8) **와내(臥內)**: 침실 안.
9) **소치**: 불러서 오게 함.
10) **난륜**: 인륜을 어지럽힘.
11) **문식文飾**: 실속 없이 거죽만 잘 꾸밈.
12) **탄현**: 지금의 대전 식장산 길목.
13) **기벌포**: 지금의 금강 하구.
14) **유연游宴**: 놀이로 베푼 잔치.
15) **약관弱冠**: 남자 나이 20세가 된 때.
16) **심모원려**: 깊은 꾀와 앞일까지 미리 헤아려 생각함.

아하! 그때는 이랬군요

　의자왕은 무왕의 첫째 아들로 태어났지만 지배세력 사이의 갈등 속에서 태자로 늦게 책봉이 되었다. 왕위 계승이 순탄치 않음을 예상하고 부왕에 대해 효도하고 형제간의 우애에 힘을 써서 왕위 계승에 성공할 수 있었다. 31대 국왕이면서 마지막 왕이 되었다.

　의자왕은 즉위 초 왕실 내부의 반대파를 숙청하여 정치적 주도권을 장악한 뒤 지방을 순시하며 지방 세력의 동요를 막고, 죄인을 석방하여 민심 회복에 많은 노력을 기울였다.

　의자왕은 권력투쟁에 쏠린 내부의 시선을 외부로 돌리기 위해 즉위 이듬해 7월에 직접 군사를 이끌고 신라를 공격해 미후성 등 40여 성을 항복시켜 영토를 확장했다. 이어 장군 윤충允忠(성충의 아우)을 시켜 신라의 옛 가야 지역에 두었던 최대 거점인 대야성大耶城을 함락시켜(이때 대야성 성주로서 성이 함락되자 처자와 더불어 스스로 목숨을 끊은 김품석과 그 아내 고타소랑은 신라의 유력자였던 김춘추의 사위와 딸이었다.) 군사권도 장악하였다.

　한편 외교적 수완을 발휘해 고구려의 실권자 연개소문이 신라에 강경한 입장을 보이자 여제(고구려와 백제) 동맹을 이끌어냈다.

　그러나 즉위 초 군사적, 외교적 공세로 확립된 왕권강화 노력은 호족들의 강력한 반발 때문에 곧 한계에 부딪혔다. 국왕 중심의 권력 강화에 위험을 느낀 호족들은 협의기구인 좌평을 장악하고 국왕을 견제해 오다가 더 이상 협의를 이끌어내지 못하자 정계에서 물러나거나, 강력한 상소를 올리거나, 심지어 신라와 내통하는 것으로 저항했다.

재위 16년(656년) 상좌평이었던 성충은 앞으로 반드시 큰 전쟁이 일어날 것이라며 "육로는 탄현炭峴에서, 수로는 기벌포伎伐浦에서 막으라"는 말을 왕에게 올렸지만 왕은 이를 묵살하였고 결국 성충은 옥에서 숨을 거두었다. 윤충 역시 임자의 이간질로 결국 파면돼 스스로 목숨을 끊었다.

좌평 임자는 성충에 대한 의자왕의 신뢰에 시기심이 많았다. 성충을 질투하고 의자왕을 원망하던 좌평 임자는 신라의 귀족 조미압(조미압은 신라 현령으로 있을 때 백제에 잡혀가 좌평 임자의 종이 되었는데, 임자를 정성껏 보살펴 신임을 얻은 후 출입이 자유로워지자 김유신과 내통하였다.)을 통해 김유신을 알게 되었다. 나라의 존망을 알 수 없는 상황에서 서로의 안전을 도모해주기로 비밀 약속을 한 뒤 김유신에게 백제의 실정을 상세히 알려줌으로써 김유신이 655년(태종무열왕 2) 백제를 공격하여 도비천성刀比川城을 쳐서 이길 수 있게 도와주었다.

여러 형태의 호족들의 반발에 의자왕이 오히려 자신의 여러 아들(41명)에게 모두 좌평의 관등을 수고 땅을 지급하여 정치를 파행적으로 운영하는 것으로 맞대응하자 지배귀족들 사이에 불만과 불안이 누적되었다. 원래 좌평은 6명에 불과했고 각 분야의 전문가들로 구성되었던 것을 아들들에게 맡겼기 때문에 얼마안가 국가 방어 시스템에 붕괴를 가져왔다. 내부의 심각한 분열과 대립은 국력을 흩어지게 하였고 대외관계의 변화에 둔감하게 하여 위급 시 신속한 대처가 이루어질 수 없었다.

의자왕 20년 당나라는 소정방을 총사령관으로 하고 병력 13만으로 김유신 장군의 정병 5만과 함께 백제를 협공하였다. 백제는 계백 장군이 이끄는 5천 군사의 용전분투에도 불구하고 황산벌에서 신라군 5만에게 대패하였다. 황산벌 전투의 생존 부대원들을 수습하여 백강 방면 전투에 투입하여 당군의 상륙을 저지하려 했으나 실패하였고, 결국 신라군은 탄현을 넘어 수도 사비성으로 쳐들어오고, 당나라 군대도 기벌포를 지나 사비성으로 쳐들어와 백제는 멸망하였다.

연 표

641년_ 의자왕 즉위.
655년_ 태자궁을 수리하고 망해정 건립.
655년_ 도비천성을 백제에게 빼앗김.
656년_ 좌평 성충 옥사.
657년_ 왕의 서자 41명을 좌평에 임명함.
660년_ 사비성 함락됨.
663년_ 백제부흥군 백강 전투에서 패함.

김동인 역사소설

3편

토끼의 간
肝

3편

토끼의 간肝

/

토끼의 간肝.

월전月前에는 왕(의자義慈)이 몸소 대군을 이끌고 와서 신라를 침략하여 이 나라(新羅)의 사십여 성을 빼앗았다. 그 놀란 가슴이 내려앉기도 전에, 팔월에 들면서 백제는 또 장군 윤충允忠을 시켜서 신라의 대야성大耶城을 쳐들어온다는 놀라운 소식이 계림鷄林의 천지를 또다시 들썩하게 하였다.

이 소식이 들어오자 꼬리를 이어서 따라 들어오는 소식은 가로되,

"대야성은 함락되었다. 대야성 도독 김품석金品釋 이하는 모두 죽었다."

하는 놀랍고도 참담한 소식이었다.

그 뒤를 이어서 그 상보詳報[1]가 이르렀다. 그 상보에 의지하건대, 대야성이 백제 장군 윤충의 군사에게 포위되자, 대야성 성내에서는 반역자의 분란이 일어났다. 대야성 도독 김품석의 막하에 점일點日이라는 사람이 있었는데, 점일에게는 젊고 아리따운

아내가 있었다. 도독 김품석은 자기의 지위를 이용하여 검일의 아내를 빼앗았다. 이 때문에 도독에게 원심을 품고 있던 검일은, 백제의 정벌군이 이르자 아내 빼앗긴 분풀이로, 제 나라를 배반하고 백제군에게 내응하여, 성내의 각 창고를 불 놓으며 성내에서 난을 일으켰다. 그러지 않아도 백제의 강병을 도저히 대적치 못하겠거늘 성내에 반역 분자까지 생기고 보니, 인제는 대야성은 더 볼 나위가 없게 되었다. 일이 이렇게 되매 김품석의 막하에 서천西川이라는 사람이 성에 올라가서 적장 윤충에게,

"내 목숨만 거두어 주신다면 성을 들어 항복케 하오리다."

하고 굴복할 뜻을 나타내었다. 그리고 윤충에게서,

"온 성이 항복을 하면 생명은 보전해 주마."

하는 대답을 얻은 서천은 도독 김품석에게 그 뜻을 전하여 동의를 얻고, 다른 사람에게도 모두 그 뜻으로 권고를 하여 동의케 하였다.

그런데 그 가운데 죽죽竹竹이라는 사람이 있어서,

"우리 어머니가 내 이름을 죽죽이라고 지어 주신 것은, 꺾어질지언정 굴하지 말라 하신 뜻인데, 내 어찌 죽기를 두려워하여 적에게 굴하랴."

하며 동지를 모아가지고 끝끝내 항전하기로 하였다.

항복한 무리들(도독 김품석 이하, 서천이며 그 밖의 허다한 장졸 백성들)은 성문을 열고 목숨을 보전하러 성 밖으로 나갔다. 그러나 목

숨을 보전하러 나간 무리들은 백제의 군사에게 전멸을 당하였다. 성을 들어 항복한다더니 아직 성내에 적지 않은 군병이 있지 않으냐. 그러매 생명 보전을 허락할 수 없다 하는 것이 백제의 구실이었다.

이, 항복한 군민이 성 밖으로 나간 뒤에, 죽죽은 성문을 굳게 닫고 남은 무리들을 지휘하여 백제 군사에게 대항을 하여 용감히 싸워 최후의 한 군사까지도 남지 않고 백제군의 칼 아래에 장렬한 전사를 하였다.

그 항복한 무리에 섞이어, 부끄러운 목숨을 그냥 어떻게 유지하여 보려고 대야성을 빠져 나오다가 죽은 사람 가운데는, 도독 김품석의 아내 고타조古陀炤가 있었다. 고타조는 신라 이찬伊湌 (벼슬 이름) 김춘추金春秋의 딸이었다.

2

팔월. 찌는 듯한 잔서가 아직 심할 때였지만 아침저녁은 꽤 서늘하였다.

김춘추는 바야흐로 대궐에 들어가서 임금(선덕여왕善德女王)께 대야성 구원병을 보내야 하겠다는 말씀을 아뢰려고 할 때에, 대야성 힘락의 보도가 이른 것이었다.

무얼? 행차로 나가려던 발을 김춘추는 멈추었다.

월전에는 미후獼猴 등 사십여 성을 백제에게 빼앗겼다. 그 상처가 낫기는커녕 그 상처의 아픔을 명료히 감각할 겨를도 없이 지금 또 대야성을 잃는다? 백제의 횡포를 미워하는 생각보다도, 내 나라의 미약함을 한탄하기보다도, 다만 이 연이은 불행을 망연자실할 뿐이었다.

나가려던 발을 멈추고 기둥에 몸을 기댄 채 얼빠진 사람같이 우두커니 서 버렸다. 죽기가 두려워서 성을 들어 항복하려다가 제 목숨까지 잃어버린 사위 김품석의 가증²⁾하고 치사한 행위를 밉게 보랴.

무명지사無名之師를 연하여 일으켜, 남의 나라를 침략하고 무고한 백성을 도탄에 울게 하고 남의 국토를 침식하는 백제의 행위를 괘씸히 보랴.

또는 자기의 딸 고타조. 고귀한 가문의 딸로 태어나서 고귀한 가문에 출가한 것이, 결국에 있어서는 비겁한 매국한의 아내로, 그나마 남편의 고임³⁾조차 받지 못하고 남편은 남의 유부녀에게 혹하여 그것이 원인이 되어, 지키던 성을 잃고 지위와 신분을 잃고 종내 생명까지 잃는다는, 인생 최대의 비극을 겪고, 불충불의한 남편과 함께 적에게 해를 입어 죽은 그 가련한 딸의 인생행로를 조상하랴.

그런 모든 과정을 건너 뛰어 김춘추는 얼빠진 사람 모양으로 망연히 서 있었다.

"이 백제를! 이 원수의 백제를."

망연히 서 있는 그의 입에서는 이런, 머리도 끝도 없는 말이 때때로 새어 나왔다.

망연히 서 있는 그의 머리에 드는 단 한 가지의 생각은, 이 원수의 백제를 그냥 두지 못하겠다는 것뿐이었다.

크게 보자면 나라의 원수요, 작게 보자면 그 일생을 애처롭게 마친 가련한 딸 고타조의 원수다. 이를 어찌 그냥 두랴.

이름 없는 군사. 단지 침략을 위한 군사를 연해 일으키는 백제로서, 어제는 미후 등 사십여 성을 빼앗고 오늘은 대야성을 빼앗았으면, 물론 내일 또 어디를 침략하러 올지 예측을 할 수가 없으되 올 것만은 분명한 사실이었다.

원수도 원수려니와 한번 단단히 두들겨 주어서 다시는 야심을 못 품도록 골려주지 않았다가는, 연해 오는 무명지사에 신라의 관민은 마음 놓고 명일의 조반을 준비할 수가 없다. 원수까지는 못 갚는다 할지라도 한 주먹을 단단히 가해 주어서, 다시는 넘실거릴 생각을 품지 못 하도록 이라도 해 주어야 하지, 그렇지 않았다가는 내 나라에서는 하루도 베개를 높이하고 잠을 잘 수가 없다.

그러나 워낙 내 나라의 힘이 부족한 것을 어찌하랴. 기둥에 기대어 서 있는 춘추의 머리에는 가지가지의 생각이 일고 잦았다. 명신명장名臣名將이 배출한 위에 또한 명군 의자왕이 위에 임한 백제는, 그 기세가 하늘을 찌를 듯, 날카로운 끝을 막을 자가 없다.

거기 반하여 우리 신라는, 지금 겨우 주변의 작은 나라들을 합하여 통일의 공은 이루었다 하나, 아직 튼튼한 자리는 잡지 못하였다. 김춘추 자기가 일국의 신망을 한 몸에 지니고 있고, 대장군 김유신의 위력이 국내를 덮고 있기는 하지만, 자리 잡히지 못한 나라이매 아직 백제를 대적하기에는 힘이 훨씬 부족하다.

그러나 이대로 버려두면 그칠 바를 모르는 백제의 횡포를 어찌하랴.

3

그로부터 김춘추는 식불감미, 와불안면. 현저히 기분이 침울하여지고, 기력이 줄어졌다.

지금 이 국가의 불안한 상태에 있어서, 임금(선덕여왕)은 오직 김춘추 한 사람을 믿고 김춘추에게 어떻게든지 지금의 국면을 타개하기를 은근히 촉망하는 것이었다. 내 나라가 워낙 약하니 임금도 김춘추에게 어떻게 하라고 재촉을 하든가, 왜 이러이러하게 하느냐고 힐책을 하든가 하지는 못하나, 김춘추가 담당하면 어떻게든 이 국면이 타개가 되지 않을까 하는 요행심으로, 은근히 춘추에게 촉망을 하는 것이었다.

임금도 그러하거니와 온 백성도 또한 김춘추 한 사람을 믿고, 김춘추가 어떻게 활동을 하면 이 불안한 상태에서 조금이라도 벗어날 수가 있지 않을까 하는 생각으로, 김춘추의 동정을 엿보고 있다.

이렇듯 임금과 온 국민에게 무언의 책무를 지고 있는 김춘추는, 이 촉망에 대해서라도 어떻게든 무슨 보답이라도 있어야 할 터인데, 두고두고 생각하여 보아야 아무 방책도 생각나지 않아서 혼자 애타 하고 번민하고 있을 따름이었다.

김춘추 자기의 처남이요, 막역지우요, 겸하여 지모가 겸비한 대장군 유신과 늘 마주 앉아서는, 무슨 대책이 있지 않을까 하고 머리를 모으고 협의하고 하였다. 그러나 여전히 무슨 묘방이 생각나지를 않았다.

그러는 동안에 그 해의 구월도 어느덧 지나가고 시월도 지나갔다.

사람의 근심이나 분한 생각이, 세월이 흐르면 거기 따라서 씻긴다 한다. 그러나 김춘추의 마음에 맺힌 근심과 억분함은 세월의 힘으로도 씻기지를 않았다. 그것이 춘추 혼자의 근심이거나 억분함이면, 혹은 세월의 힘으로 씻겼을지도 모르지만 지금의 춘추의 마음에 맺힌 자는 그와는 달라서, 온 신라 백성의 편달이 춘추의 뒤에서 춘추를 재촉하였다. 서쪽으로 무시무시한 원수 백제를 가지고 있는 온 신라 백성은, 하루도 마음을 놓고 내일의 살림을 준비할 수가 없는지라, 따라서 여기 대한 보호책과 방비책을 김춘추에게 채근하는 것이었다. 온 국민의 채근을 몸으로 받고 있는 춘추는, 그 책임감 때문에 잠시 한 때도 마음 놓이는 때가 없었다.

어떻게 해서든지 이 문제를 해결치 않으면 안 되겠다. 이 생각으로 춘추의 몸이 쇠약하여 감을 따라서 차차 강박적 위협감까지 띠어서, 이 문제를 급속히 해결 짓지 못하면 무슨 큰일이 생겨날 듯이 그의 마음을 누르고, 그의 관념을 재촉하였다.

그러나 아무리 생각하여야 우리의 약한 힘을 가지고는 도저히 백제를 대적할 수가 없고, 실력으로 백제를 대적치 못하여 해결이 되지 않을 문제임을 어찌하랴.

4

물에 빠진 자는 짚이라도 붙든다.

물에 빠진 춘추는 마지막에 할 수 없이 이 짚이라도 붙들 수밖에 없었다.

"고구려에게 조력을 청하자."

고구려와 백제는 본시 같은 조선祖先의 후손으로서, 고구려의 시조 동명東明성왕을 백제도 자기네의 시조로 모시고 숭앙한다.

　그러나 오랜 세월을 내려오고 서로 촌수가 멀어지고 하는 동안에, 자연 분규도 생기고 티격태격하는 일도 일어나고 서로 싸우는 일도 잦아져서, 어떻게 보자면 지금은 원수지간인 듯이 보이기도 한다.

　고구려와 백제의 새가 이러하매, 혹은 신라에게 썩 잘 고구려를 달래면 백제 공격에 협력해 줄는지도 알 수 없다.

　신라라고 무슨 고구려와 친근할 연분이 있는 바가 아니다. 친근하기는커녕 늘 국교관계에 분규가 있어 왔다.

　그러나 물에 빠진 지금에 있어서는, 짚이라도 붙들지 않을 수가 없는 형편으로, 고구려에게 협력을 빌어 보고자 생각한 것이었다.

　이렇게 마음먹고 이를 계청하고자 임금께 뵈올 때는, 춘추에게서는 차마 말이 나오지 않고 눈물만 비 오듯 하였다. 임금과 국민의 신망을 한 몸에 지니고, 춘추면 어떻게 이 난국을 타개할 수 있는지도 모르겠다는 촉망을 받고 있는 자기로서, 아무 신통한 묘책도 없이 이제 최후로 고구려의 힘을 빌자고 임금께 계청을 하려 하니, 말문이 막혀서 입이 벌려지지를 않았다.

　주저하고 주저한 끝에 간신히 말을 더듬으며 이 뜻을 임금께 아뢰었다.

임금께는 다른 의견이 있을 리가 없었다.

"내야 일국의 군왕이라 하나 구중의 아녀자, 무엇을 알겠느냐? 이찬만 믿는 바니 이찬의 의향이 그렇다면 이찬의 의향대로 하려무나."

"……"

반드시 성공하리라고 장담할 수도 없는 위에, 실패하면 국가의 치욕만 더하는 이 일에 대하여 춘추로서는 더 아뢸 말씀이 없었다.

"이찬. 그런데 그 청병을 고구려에서 응낙할까."

"글쎄 옵니다."

물론 그것부터가 문제였다.

과거에 있어서도 고구려에서는 그 강대함을 자세삼아 늘 신라에게 왕자를 볼모로 요구하고, 왕자가 볼모로 가면 대개는 늙기까지 돌아오지 못하고 고구려에서 종신하고 하였다.

과거의 예도 그러하였지만 더욱이 현재 고구려에 재상으로 앉아 있는 사람은 일대의 영웅 연개소문淵蓋蘇文으로서, 연개소문의 품고 있는 마음이 신라와 백제를 고구려의 손아귀에 집어넣으려는 것이니만치, 신라의 두드러진 인물로 알리어 있는 김춘추를 혹은 그냥 볼모로 붙들어 둘는지도 알 수 없다.

사세가 그런지라 고구려에서 신라의 청병에 응낙할는지는 춘추로서는 무엇이라 아뢸 말씀이 없었다.

"신 김 장군(유신)과 잘 협의를 하와 최선의 힘을 다하오리다."

"이찬만 믿으니."

이리하여 어전을 퇴출하였다.

5

성사 여부는 미지수이지만 좌우간 고구려에게 청병을 한다 하는 일에 대해서는 임금의 윤허까지 얻은 뒤에, 김춘추는 비로소 이 일을 대장군 김유신에게 알리었다.

벌써 시월도 다 가고 동짓달에 들어서는 절기, 남국南國 계림에도 동색冬色은 완연히 이르러 만물은 가을의 소슬한 빛깔에서 겨울의 무장으로 들어서려는 절기에, 가슴 깊이 무거운 수심을 간직한 춘추는 김유신을 그의 집으로 찾았다.

유신은 춘추를 맞아서 그의 내실로 인도하였다.

유신 장군의 인도로 춘추가 유신과 대좌한 방은, 춘추에게 있어서는 감회 깊은 방이었다.

일찍이 춘추와 유신이 혈기 방장한, 어떤 해 정월 상원일[4]上元日에, 유신의 집 후원에서 축국[5]蹴鞠을 논 일이 있었다. 그때 유신은 실수(?)하여 춘추의 옷자락을 밟아서 찢었다. 유신은 이 경솔을 시괴히고 춘추를 안내하여 인으로 인도하여, 찢긴 옷을 벗게 하고 그의 누이 문희文姬로 하여금 찢어진 상처를 깁게 하였다.

그날 춘추의 찢어진 옷자락을 기운 문희가, 오늘날 춘추의 사랑하는 아내였다. 그날의 찢어진 옷이 연분이 되어 두 남녀는 결합이 된 것이었다.

지금 중대한 사명을 띠고 사지死地로 감에 임하여 옛날에 인연 있던 그 방에, 옛날의 그 인연을 지어준 사람 유신과 대좌하매, 만감이 스스로 가슴에 사무쳐 잠시는 아무 말도 못하였다.

이 수심 띤 춘추에게 대하여 유신은 누차 그 수심의 원인을 물었다. 한창 구미 좋을 때는, 하루에 서 말밥과 꿩 아홉 마리를 먹던 춘추가, 이 날은 유신의 대접에 마지못해 수저를 움직이는 뿐이었다.

유신의 수차의 질문을 받고 춘추는 비로소 오늘 임금께 계청하여 윤허 받은 일에 대하여 유신에게 자세히 말하였다.

춘추의 말을 다 듣고도 유신은 곧 대답치 못하였다. 기다란 탄식성이 나온 뿐이었다.

한참 뒤에야 비로소 유신이 입을 열었다.

"성사여부는 둘째 두고 이찬의 신상이 안전하리까. 고구려에서 무사히 귀국하시게 되리까?"

"그게."

춘추는 말을 중도에 끊고 한 무릎 유신에게 다가앉았다. 손을 들어 앞으로 내밀었다. 그 손에 대하여 마주 나오는 유신의 손을 꽉 잡았다.

"장군! 장군과 나는 이신동심. 같이 나라의 고굉지신[6]으로……."

말을 끊었다. 손을 마주 잡은 채 머리를 푹 수그렸다. 등에 진 짐의 중대함이 더욱 절실히 느껴졌다.

"지금 중명을 띠고 저 나라에 갔다가, 불행 저 나라 사람에게 해를 받는 일이 있으면 장군은 어떻게 하겠소."

춘추의 말이 떨어지기 전에 유신의 대답이 먼저 나왔다.

"불행 그런 일이 생기면, 내 말발굽이 여제麗濟 두 나라의 왕정王庭을 쑥밭을 만드오리다. 그렇지 않고야 내 무슨 명목으로 장차 국인을 대하리까."

유신은 그의 눈을 들어서 춘추를 건너보았다. 유신의 눈에는 눈물이 한 껍질 서리었다.

"그렇지만 이찬. 내 생각으로는 성사는 지난[7]한데."

"지난한 것은 나도 알지만 지난한 이 한 길밖에는 딴 길이 없음을 어찌하겠소이까."

"……."

"……."

잠연히[8] 서로 얼굴만 바라보았다.

성사키 지난하고 그 위에 생명조차 보전키 힘든 길을, 떠나려는 사람과 이 사람을 보내는 사람.

서로 할 말이 없어서 얼굴만 마주 볼 따름이었다.

"자, 우리 서약을……."

"그럽시다."

두 사람의 앞에는 잔이 내놓이었다. 두 사람은 칼로 손을 베어 흐르는 선혈을 잔에 받았다. 잔에 받은 피를 저어 섞이어, 둘이서 나누어 마시었다.

"장군. 내 육순, 두 달을 기약할 테니, 두 달이 지나도 내가 돌아오지 않거든 차생에서 다시 볼 기약이 없는 사람으로 알아 주."

"네, 두 달을 기다려 보아, 이찬께서 안 돌아오시거든, 내 성상께 여쭈어 용병 일만을 빌어가지고 여지麗地에 돌입해서 그 나라를 쑥밭을 만들어서, 이찬의 원수를 갚으오리다."

"내 사사로운 원수도 원수려니와 국사는? 저 백제의 횡포는?"

"그도, 지금 우리나라의 민심이 해이되었기에 백제를 당하지 못하지, 한 사람 한 사람의 힘으로야 우리나라나 백제나 일반이 아니오니까. 이찬께서 저 나라에서 해를 보시면 그로써 민심을 격동시키면, 우리나라 백성인들 어찌 백제 인에게 지리까. 격동된 민심으로 저 나라를 들이치면, 능히 백제의 강병이라도 넉넉히 당할 수 있으리라고 믿습니다."

"그저 뒷일을 장군께 믿을 뿐이외다."

"뒷일을 염려마시고 성사에나 주력을 하세요."

"그럼 육순을……."

"네, 고대하오리다. 부디 성사하세요."

이리하여 피를 나누어 마시고 작별하였다.

6

김춘추는 간소한 행차에 종자 몇 명을 데리고 계림을 떠났
다. 향하는 곳은 고구려의 서울. 그의 어깨에 짊어진 짐은 국가
사활의 중대한 열쇠였다.

동짓달에서 섣달로 차차 더 깊어가는 엄한의 절기에, 남국에
서 북국으로 차차 더 찬 곳으로 길 가는 김춘추이었지만, 어깨
에 지워진 무거운 짐 때문에 추위도 감각할 수 없도록 긴장된
심경이었다.

길을 재촉하여 대매현代買縣까지 이른 때였다.

그 지방에 사는 두사지豆斯智라는 사람이 춘추를 와서 뵙고
청포靑布 삼백 필을 바쳤다.

"이찬께서 지금 천금의 귀하신 몸으로 나라를 위하시어 만리
이역異域에 가심에, 혹은 무엇에든 옹색한 일을 당하실 때에 소
용이 되실까 하와, 약소한 물건이오나 바치옵니다. 쓰실 때가 계
시다면 바친 소인의 무한한 영광이옵니다."

그는 이렇게 말하였다.

혹은 짐스러울지는 모르나 이도 모두 소민小民의 국가에 대한 충심에서 나온 바이며, 또한 춘추 자기가 지니고 있는 중대한 책무에 대한 국민의 헌납품이라, 생각하매, 고맙기 한이 없었다.

"고마우이. 객지에는 무엇이든 부족한 법이라 이것도 지니고 가면 얼마나 유용할지 모르겠네. 내 일신보다도 이번의 사명이 무사히 성취되기를 신명께 축원이나 해주게."

"그거야 분부 안 계신들 어련하오리까? 그럼, 이 모진 삭풍에 몸 보중하옵시고 무사히 사명을 치르옵소서."

"고마우이."

이리하여 대매현을 떠나서 또 길을 재촉하였다.

7

드디어 고구려의 서울까지 이르렀다.

일찍이 수隋나라 문제文帝의 삼십만 대군을 어린애 다루듯 쳐 물리고, 그 뒤를 연한 수나라 양제煬帝의 이백만 대군을 겨우 이천칠백의 패잔병 이외에는 전멸을 시키고, 수나라는 고구려 패전이 빌미되어 망한 뒤, 대신으로선 당나라의 고조高祖의 정벌군 태종의 정벌군을 뒤이어 전멸시켜, 그 위력이 천하를 누르는 고구려.

국체가 해이되고 군심이 문란한 신라에서 장성한 김춘추에게는, 고구려 서울의 모양은 가슴을 서늘케 하였다. 그 국민의 표표함은 둘째 두고 병비의 정밀함이며 군사의 정비됨은 과시 동방을 응시하는 군국의 도시다웠다.

이웃나라가 이러하거늘 내 나라의 현황을 돌아볼 때는 한심한 생각뿐이었다.

그날 밤 춘추는 장려長旅에 피곤한 몸이로되 빨리 잠이 들지를 못하였다.

아아, 인제라도 돌아서서 내 나라로 돌아갈까.

남을 의뢰할 생각을 왜 품으랴. 내 나라의 무비가 이 고구려와만 같다면, 백제의 횡포가 무엇이랴. 백제가 횡포한 것은 필경은 내 나라가 약하기 때문이다. 내 나라가 약한 것은 백성의 탓이 아니라 위에서 거느리고 지도하는 치자治者계급이 무위한 탓이다. 내 나라 백성도 같은 사람일진대 잘 지도하고 훈련만 하면, 왜 이 고구려만 못 할지며, 내 나라의 형세가 고구려만 하면 왜 남의 나라의 수모를 받으랴.

남을 의뢰하기보다 먼저 나 자신을 고칠 필요가 있다. 남을 의뢰할 생각을 지금이라도 내던지고, 발을 돌이켜 내 나라 신라로 돌아갈까. 돌아가서 내 나라를 어서 바삐 키우기에 정력을 다할까.

그러나 눈에 다닥치고[9] 현재 겪고 있는 백제의 수모에, 우선 임시적으로라도 피할 필요가 있는 현재의 형편으로는, 일껏 여기까지 왔다가 청병을 해보지도 않고 귀국한다는 것은 너무도 싱거웠다.

국력 양성은 차차 하려니와 우선 현재 받고 있는 모멸에서 면할 겸 이미 받은 수모의 원수를 갚기 위해서는, 청병은 해 보아야 할 것이다. 모사는 재인이요 성사는 재천이라, 성불성은 예측할 수가 없으되 부딪쳐 보기는 해야 할 것이다.

이 고구려 서울의 강대함을 보고 춘추는 신라 국민훈련의 필요를 절실히 느끼고 그 실행의 결심을 굳게 하였다.

사서史書에는,

'高句儷王高藏[고구려왕고장], 고구려왕 고장(보장)은

素聞春秋之名非凡[소문춘추지명비범], 본래 춘추의 명성이 비범함을 들은지라

嚴兵衛而後見之[엄병위이후견지]' 군사의 호위를 엄하게 한 후에 그를 만났다.

라 하였지만 유난스럽게 위엄성을 보인 것이 아니라, 예사 때의 병위로 보았지만 신라인의 눈에는 그렇게 비친 것이었다.

춘추는 고구려 조정에 자기가 이번 고구려에 오게 된 사명을

대강 아뢰고 왕께 알현하기를 청하였다. 이리하여 고구려 임금의 어전에 나아가게 되었다. 고구려 임금은 그때 갓 등극한 보장왕寶藏王이었다.

임금의 곁에는 일대의 영웅 연개소문이 시립하고, 기치창검[10]이 휘황하고 엄엄하게 번득이었다.

문약한 신라 조정의 풍습에 젖은 김춘추는, 처음 한순간은 이 위엄에 위압되었다.

이 위압에서 정신을 수습할 때에 왕께 시립[11]했던 개소문이 물었다.

"이 추운 절기에 먼 길을 어떻게."

거기 대하여, 춘추는 먼저 임금께 신라왕에게서의 문안을 여쭙고 그 뒤에 이번 사명을 말하였다.

"지금 여쭌바 같이 백제가 무도하게도 늘 우리나라의 강역을 침범하므로 대국의 병마를 빌어 백제에게 받은 치욕을 면할까 하는 생각으로서 하신을 보내와 지금 대국에 청병을 하는 바이옵니다."

고 내의를 말하였다.

보장왕은 그의 막리지(벼슬 이름) 개소문을 돌아보았다. 개소문이 왕을 대신하여 춘추에게 물었다.

"그럴 리가 있겠소? 아무리 백제국인들 까닭 없이 남의 국가를 침범하고 강역을 노략할 리야 없겠지?"

"그렇지 않습니다. 아무 까닭이 없이 남의 나라를 침략……."

계속하는 말을 이번은 보장왕이 가로 끊었다.

"사신의 말은 까닭이 없다 하지만, 백제로 보자면 무슨 연유가 있겠지. 신라와 백제의 옥신각신은 짐이 모르는 바지만, 신라는 원체 남의 나라에 대해서 불측한 일을 잘 하니까, 사신의 생각에는 까닭 없다 하지만 백제의 측으로 보자면 무슨 연유가 있겠지."

"신라는, 말대답 같아서 아뢰기 황송하지만 신라는 우금 남의 국가에 먼저 손질해 본 일이 없사옵니다."

"그건 짐 몰라. 모르는 바지만, 짐이 아는 바로서는, 지금 신라가 차지하고 있는 죽령竹嶺지방은 본시 우리 고구려 지역. 그것을 지금 신라가 점거하고 있는 것은 신라의 무도한 일이야. 그런 일을 제법 잘 하는 신라라 백제에게 대해서도 무슨 그런 혐의를 질 일을 한 게지."

춘추는 한순간 주저하였다. 주저하는 동안 보장왕의 말은 계속되었다.

"이러니 저러니 헛말을 가지고 다투느니보다 실제의 의논을 하지. 지금 사신은 신라가 백제를 치는데 우리 고구려에서 조력을 해달라 하는 게 요점인데, 그것을 들어주마. 그 대신 짐의 소청도 신라가 들어주어야."

"나라님의 소청은 무엇이오리까."

"별게 아니라 지금 신라가 가지고 있는 죽령 이북竹嶺以北의 땅은 본시 우리 고구려 땅이었으니, 그 땅을 고구려에 반환하면 사신의 소청도 들어주마."

교환조건이었다. 그러나 일개 사신으로는 대답치 못할 문제였다. 춘추는 아뢰었다.

"나라님. 그것은 일개 사신인 하신으로서는 자유로 처분치 못할 일이오라, 지금 뭐라고 복주[12]할 바 없사옵니다."

"응낙을 못하겠단 말이지?"

"하신으로서는 아뢸 말씀이 없사옵니다. 권한 밖의 일이옵니다."

"그럼 짐도 청병에 응할 수 없지."

"……"

"내 청을 들어주고, 네 청은 못 듣겠다, 뱃심 좋은걸."

보장왕은 개소문을 돌아보았다.

"신라 사신의 말이 저런 이상은 고구려의 한 군사도 신라를 위해 활을 들지 못하게 하오."

"분부대로 시행하겠습니다."

난문제. 딴 문제를 꺼내가지고 춘추의 사명은 곱다랗게 거절하였다.

춘추는 머리를 숙이고 생각하였다. 보장왕의 말투, 개소문의 말투로 미루어, 다시 이 교환조건을 무시하고 춘추의 청을 들어

주기는 꿈에도 바랄 수 없을 형편이었다.

"나라님. 외신이 군명을 받자와 대국에 청병을 함에, 대왕님께옵서는 딴 문제를 꺼내시와 이 외신을 위협하오니, 외신은 다만 황송할 따름이옵니다.

외신 죽사온들 어찌 군명에 없는 말로써 대왕님께 응하오리까?"

이때의 춘추의 말투는 벌서 아까 청병할 때와 같은 간구하는 태도가 아니었다. 그의 생장한 환경이 그에게 부여한 거만한 태도가 다분히 포함되어 있었다.

보장왕은 이 태도를 보았다. 순간 용안의 빛이 변하였다.

"뭐라."

한 마디 내던지고는 노색怒色을 분명히 나타내고 몸을 용상에서 일으켰다. 시신의 부액을 받아 내전으로 입어[13]하고 말았다.

사신 접견실은 사신 김춘추와 고구려 신하 연개소문 이하 몇 사람이 냉락하게 된 기분 가운데 잠자코 앉아 있었다.

이윽고 내전에서는 왕의 어명을 받자온 시신이 나왔다.

신라 사신 김춘추는 고구려 왕옥에 내렸다.

그 해도 다 갔다.

김춘추는 고구려 왕옥에서 낡은 해를 보내고 새해를 맞았다.

김춘추의 죄가 중하여 가두어 두는 것이 아니라, 신라의 한 두드러진 인물로서, 그냥 잡아 두는 것이 안전하다 보아서, 감금하여 두는 모양이었다.

그런지라 장차 기회 있을 때를 보아서 춘추를 제거해 버릴 심산인 듯싶었다.

이런지라 귀국할 기약이 망연한 영어의 몸으로, 김춘추는 만리타국에서 엄동을 겪고 있었다.

본국을 떠날 때에 대장군 김유신과 약속한 바, 육순이 지날지라도 돌아오지 않으면 춘추는 이미 죽은 사람으로 알고, 유신이 신라의 군사를 이끌고 고구려로 달려오겠다고 한 그 기약의 날짜도 점점 가까워 온다. 그러나 고구려의 조정에서는 김춘추에게 아무런 처분도 없이 그냥 버려두었다.

춘추는 문득 생각난 일이 있었다.

그가 본국을 떠나서 고구려로 오는 길에, 대매현을 지날 때에 그곳 사람 '두사지'가 청포 삼백 필을 바치며 장차 쓸 일이 있거든 쓰시라고 하던 일이었다.

청포 삼백 필이면 한 사람을 매수하기에 넉넉하다. 이 청포 삼백 필 무엇에 쓸 수가 없을까. 청포 삼백 필을 누구에게 뇌물해 가지고 내 몸을 고구려 왕옥에서 벗어날 도리가 없을까.

북국 엄동에 떨면서 김춘추는 청포 삼백 필을 유용하게 쓸 방도를 생각하고 또 생각하였다.

생각하고 생각한 끝에 이 물품을 고구려 보장왕의 총신 선도해先道解에게 보내기로 하였다. 보내는 연유에 대해서는 아무 덧붙이가 없이 무조건으로 보낸 것이었다. 이 물품을 받은 선도해가 이를 받은 뒤에 자유로이 처단하라는 뜻이었다. 시치미를 떼고 잘라 먹건 혹은 도의적 보답을 하건 선도해의 자유에 맡겨서…….

창살 틈으로 비치는 다사로운 볕에 밤새도록 얼었던 몸이 녹느라고 매지근해 지는 바람에, 잠깐 앉은 채 잠이 들었던 김춘추는 밖에서 사람의 두선두선 하는 소리에 깨었다.

밖에서 두선거리는[14] 목소리의 주인을 알아들었다. 청포 삼백 필을 받은 선도해의 음성이었다.

"갱坑에 불이나 좀 지펴라. 그리고 화로에 불을 하나 가득 피어 들여오구."

도해는 수직하는 사람에게 이렇게 분부하였다. 그리고 문이 데걱데걱 열리고 앞에 선도해가 들어오고 그 뒤에(책임상)이 회견에 입회立會할 옥관이 달려 들어왔다.

도해는 들어와서 김춘추와 마주 앉았다. 옥관은 뒤에 섰다.

불을 가득히 피운 화로가 들어오고 갱에 불을 때려는 소리도 났다.

"객고가 심하시겠습니다. 귀하신 몸이……. 더구나 이 엄동에."

도해는 마주 앉으며 이렇게 인사의 말을 하였다.

"네. 내 집에 있는 것보다는 약간 불편하고 괴롭습니다."

"야. 그 주안상 들여라. 존객의 객고를 약간이라도 위로하고자 변변치 못하나마 주효[15]를 좀 준비했습니다. 한 잔 드시지요."

따뜻이 데운 술과 안주가 들어왔다.

"자, 드십시오."

"네, 사양치 않고 받으리다."

도해가 준비해 가지고 온 주안을 가운데 놓고, 김춘추와 도해는 술을 서로 주고받았다.

허하고 굶주렸던 창자에 기름진 음식과 향기로운 술이 들어가니, 추위는 순식간에 사라지고 춘추의 심신은 차차 녹아들었다.

따르는 술을 연해 받으면서 춘추는 생각하여 보았다. 지금 도해가 옥중에 자기를 찾아온 것은, 물론 청포 삼백 필의 효과일 것이다. 그러나 춘추는 청포 삼백 필을 도해에게 보낸 것은 단지 이렇게 술이나 한번 얻어먹고자 하여 한 바가 아니다. 도해도 춘추의 입장과 환경이며 사정을 짐작하는 사람이거니, 청포 삼백 필을 보낼 때에 무슨 덧붙이의 사연이 없었을지라도 그 의미를 짐작은 할 것이다.

그렇다 하면 도해는 무슨 수단 어떤 방법으로써, 자기를 (혹 잘 하면) 고국으로 돌아가게 하려는가. 술을 주고받으며 도해의 입에서 혹은 행동에서 무슨 그럴듯한 점을 얻어 보려 퍽이나 주의해 보았지만, 도해는 다만 시시하고 너절한 잡담 한담만 연해 하면서 술 먹기에만 골독한[16] 모양이었다.

감시하는 옥관이 있으매 물론 노골적으로 어떤 언사나 행동을 표시하지는 못하겠지만, 좌우간 좀 다른 무엇을 발견해 보려 하였지만 도해는 연해 쓸데없는 한담만 하고 술만 연거푸 먹고 있었다.

꽤 술이 취했다. 그러나 도해에게는 무슨 별다른 표시는 여전히 보이지 않았다. 한담과 옛말. 한담과 옛말만 연해 하는 가운데 도해는 이런 이야기를 하였다.

"계림에도 이런 이야기가 있는지 모르지만, 우리 고구려에는 이런 재미있는 옛말이 있습니다. 토끼하구 거북이의 이야긴데 이야기가 재미있어요. 내 그 이야기를 할 테니 이찬 들어 보세요."

이러한 서두로 도해가 춘추에게 한 한 가지의 옛말. 그것은 대략 이런 이야기였다.

9

동해 용왕께는 사랑하는 따님이 있었다.

그 따님이 우연히 병에 걸렸다. 좋다는 약은 구할 수 있는 대로 다 써 보고, 굿이라 경이라 온갖 노릇 다 해보았지만 따님의 병은 나날이 더 집중하여 갈 따름이었다.

고칠 약방문이 없는 바가 아니었다. 약방문은 났으나 그 약을 구할 수가 없었다. 영한 의원들의 여출일구[17] 하는 말은 가로되,

"토끼의 간을 잡수셔야 이 탈이 낫겠습니다."

하는 것이었다.

그러나 심해 중에 있는 용궁에서, 어떻게 해서 산짐승 토끼의 간을 구할 수가 있으랴. 그래서 다른 약으로 다스려 보았지만 용녀님의 탈은 나날이 더 중하여 갈 뿐이었다. 토끼의 간이 아니면 용녀의 탈은 도저히 가망이 없었다.

사랑하는 따님의 탈 때문에 용왕은 수심에 잠겼다. 구할 수 없는 토끼의 간. 그러나 따님을 어떻게든 구하여 보려는 성심으로, 용왕은 이 구할 수 없는 토끼 간을 어떻게 하여 구할 도리가 없을까 하고 머리를 싸매고 생각하였다.

드디어 한 가지의 방책을 안출하였다. 어족魚族 중에서 고래로 뭍에 올라가서 장시간을 지낼 수 있는 자는 오직 거북이다.

이 거북에게 토끼의 간을 구하는 중대한 사명을 부탁해 보기로 하였다.

거북을 용궁으로 불렀다. 높은 벼슬과 많은 상금으로써 토끼의 간을 구해오기를 거북에게 명하였다.

빠르고 날래기로 유명한 토끼를, 느리고 둔하기로 으뜸인 거북이, 어떻게 붙들어 가지고 그 간을 얻어 오나.

지중 막대한 사명을 띤 거북, 벼슬과 재물에만 욕심난 바가 아니라 천성이 충직한 짐승이라, 용왕께 대한 보답으로 무슨 수단으로 써서든지 토끼의 간을 구해다가 용왕께 바쳐서 용왕의 사랑하는 따님을 병에서 구원하고 이로써 용왕의 근심을 해소시켜 드리려고 굳이 결심하였다.

느리고 더딘 거북이매 토끼를 붙들어서 힘으로 그 간을 꺼낼 생각은 꿈에도 낼 수가 없었다. 이직하고 슬기롭지 못한 거북은, 그의 둔한 머리를 짜내어서 토끼를 속여서 바다로 끌고 가기로 하였다.

우선 문제는 토끼의 생김생김이었다.

"대왕님 분부대로 봉행은 하오리다마는, 소신이 뭍에 올라가서 토끼란 놈을 만날지라도 그 생김생김을 모르오니 그것을 가르쳐 주시옵소서."

"그도 그럴듯한 말이로다."

용왕도 토끼의 생김생김을 잘 알지 못하였다. 그래서 뭇 어족들을 불러가지고 토끼의 생김생김을 아는 자를 구해내 가지고, 그로 하여금 토끼의 생긴 모양을 거북에게 설명해 주게 하였다.

설명으로는 도저히 알 수가 없었다. 그래서 마지막에 화공을 불러서(설명하는 대로) 토끼의 모양을 그림으로 그리게 하였다.

"자, 토끼의 화상이로다. 이것을 품 깊이 잘 간직하고."

"네이."

화공에게서 받은 토끼의 화상을 잘 간직하고 어슬렁어슬렁 뭍으로 기어올랐다. 수풀을 찾아갔다. 그의 짐작으로는 토끼가 다닐 듯한 곳으로 찾아 기어갔다. 토끼의 화상을 펴들고 기다리기를 한나절, 한 마리의 토끼가 깡충깡충 달려 와서 거북이 앉아 있는 그곳에 와서 코를 바룩거리며 무엇을 살피고 있다.

여기서 거북은 길게 그의 목을 내어 뽑았다.

"여보게 토끼."

"아이 깜짝이야. 거 누구냐."

"내로세."

"내라니?"

"바다의 별주부로세."

"별주부. 바다의 별주부가 무얼 하러 뭍에 올라왔나."

거북은 다시 토끼의 화상을 실물과 비추어 보았다.

"임자가 분명 토낀가. 틀림이 없지."

"토끼구 말구."

여기서 거북은 그의 지혜로 연구한 바의 꾀를 베풀 순간이 이르렀다. 그의 능치 못한 언변으로 토끼를 속이지 않으면 안 될 차례였다. 그는 다시 화상을 굽어보고 눈을 들어 실물 토끼를 쳐다보고 목을 뽑아 올려 감탄하는 얼굴을 하였다.

　"그럴듯하이. 털도 예쁘기도 해라. 부드럽기도 비단 이상일걸. 눈깔 빛깔을 새빨갛게 물들였는가? 어쩌면 저리도 고울까. 주먹 같은 저 귀. 어쩌면 머리 꼭대기부터 꼬리까지 저렇듯 예쁠까. 저런 것들을 모두 잡아서 종자를 없애야지 그냥 두었다가는 우리 용궁에서는 용녀는 통 없어지겠다. 요놈 토끼야. 네가 예쁘게 생겨서 우리 용왕님의 따님이 어쩌다가 너를 잠깐 보고 그만 홀짝 반해서, 상사병이 나서 자리에 눕게 됐다. 인삼 녹용, 백약이 무효고 네놈하고 혼인을 하지 못하면 다시 자리에서 일지 못할 지경이다. 우리 용왕님도 처음에는 뭍의 천종賤種을 어떻게 용궁에 불러들여 부마를 삼겠느냐고 노염이 심하시고 꾸중이 심하셨지만, 따님이 워낙 네놈의 그 눈빛 같은 터럭에 흠뻑 반해서 너하구 혼인하지 못하면, 죽는다고 야단이니 어찌하느냐. 타이르고 꾸중하고 하다못해 종내 따님에게 지시고, 나더러 너를 좀 용궁까지 데려오라시누나. 이 벼락 맞을 놈. 우리 용궁 일색을 뭍에 사는 네놈에게 빼앗길 일 생각하면 분하기 끝이 없지만 우리 대왕님의 분부가 계시니 할 수 없지, 여보게 토끼 생원. 나하구 좀 함께 가세. 여보게, 임자 데려오느라고 그릇 딴 놈 데려올까 보아 임자 화상까지 그래서 내게 분부야. 이 복 벼락 맞을 자식 같으니. 천하일색 용궁의 햇빛, 네놈이 용궁공주를 데려가면 우리 용궁은 컴컴해지겠구나."

능하지 못한 언변으로 늘어놓는 바람에 토끼는 얼떨해졌다.

"자, 이 자식 내 등에 올라라."

"대체 어쩌자는 말인가."

"아 용궁에 들어가지."

"그러니."

"잔말 말고 어서 올라."

좌우간 해롭지는 않은 말이다. 게다가 천하일색이라 하고 용왕의 부마라 하니 토끼 비위가 동하였다.

"오르면 되겠는가."

"염려 말고 어서 올라."

이리하여 토끼를 등에 실었다.

다시 덤벙 바다로 들어갔다. 한참을 헤엄쳤다. 한바다까지 이르렀다.

한바다까지 이르러서 인제는 토끼를 놓칠 염려가 없이 되매, 거북은 비로소 안심하는 동시에 인제 토끼를 잡아온 덕으로 받을 막대한 상과 높은 벼슬이 생각나며, 스스로 얼굴에 떠오르는 미소를 금할 수가 없었다.

"여보게 토끼."

"왜."

"자네의 덕으로 나는 인제 많은 상과 높은 벼슬을 하게 됐네 그려."

"내가 부마가 되면 나도 그저 있지 않을 테니."

"하하하하하. 네가 부마가 돼? 등에 업고 보니 네 살이 꽤 보드럽구나. 맛있겠는걸. 네 간은 꺼내서 대왕님께 바치구 네고기는 내가 얻어먹겠네."

무슨 뜻인지 알지 못할 말이었다.

"응?"

"너를 잡아서 간을 꺼내 먹는단 말이야."

정직한 거북은 (인제는 토끼가 도망치려야 칠 수 없는 한바다인 데 안심하고) 자기가 토끼를 속여서 지금 업고 가는 까닭을 토끼에게 다 말하여 주었다.

"뭍엣 짐승이란 그렇게 어리석단 말인가. 용궁 안에는 얼마나 사내가 없어서, 너 같은 방정맞고 야스꺼운[18] 것에게 공주가 반하겠느냐 말이다. 저 잘난 맛에 산다구 너는 그래 네 꼴이 스스로 예쁜 줄만 아느냐. 이 어리석은 뭍 것아."

토끼는 잠자코 있었다. 기가 막힌 모양이었다. 한참을 잠자코 있다가 비로소 생긋 웃었다.

"흥, 내가 어리석어? 어리석기는 네가 어리석다."

"왜?"

"내 간이 어째서 그런 영약이 되겠는지. 이놈의 간 저놈의 간 다 제쳐놓고 유독 내 간이 그렇듯 영약이 되겠는지, 그 점을 생각해 보지 못한 자 네가 어리석지 않고 어떻단 말인가."

"그야 내가 알게 있나?"

"여보게, 내 간은 남의 간과 달라서, 한 달의 절반, 즉 초승부터 보름까지는 몸속에 넣어 두되, 보름부터 그믐까지는 꺼내서 영기로운 곳에 걸어 두어서, 영기와 볕을 쬐네그려. 반삭을 영기와 볕에 쬐어서 몸에 간직하면 그게 천하 영약이 되는 걸세그려. 그런 유다른 간이 아니고야 왜 하필 토끼의 간이 약이 되겠나."

거북은 이에 걱정이 났다.

"그게 정말인가."

"내가 왜 거짓말을 하겠나?"

"그럼 지금 자네는 간을 가지고 있는가 안 가졌는가?"

"지금이 스무날이 아닌가. 지금은 꺼내서 영기롭고 인적 안 이르는 청명한 곳에 잘 널어두었지."

"그럼 헛길일세그려."

여기서 토끼는 한번 그의 귀를 쫑긋하였다.

"여보게, 거북네 아저씨."

"응."

풀이 죽었다.

"내 산에 돌아가서 그 간을 가져다가 몸에 넣고 용궁에 가면, 공주가 천하일색이라지."

"천상천하의 일색일걸."

"나 중매해 주겠나."

"어떻게?"

"간을 갖다가 공주께 바쳐서 공주의 불치의 병이 낫는다 하면, 나는 공주의 재생의 은인이 아닌가. 재생의 은인이 용왕님의 부마가 못 되겠나."

"그렇지만 임자는 간을 꺼내서 공주께 바치면 살겠나?"

"지금도 간 없이 살아 있지 않은가. 뿐더러 간을 아주 꺼내면 반년만 지나면 또 새 간이 돋아나네그려. 중매만 서 주겠다면 내 그 간을 갖다가 공주께 바치마."

"그건 내 담당하마. 자네 아니면 죽을 목숨을, 자네 덕에 살아났으면, 일생해로야 그 보은으론들 못하겠나. 중매는 내 장담하마."

"그럼 뭍으로 돌아서게."

"간은 꼭 가져 오겠지."

"염려 말게. 내야 간을 바쳐도 반년만 있으면 새 간이 돋아나니 염려 없구, 그 대신 용왕의 부마가 되는 일이니 내 일은 염려 말고, 중매나 다짐 두네."

"그건 내 담당하마."

이리하여 거북은 토끼를 업은 채로 돌아섰다.

해안까지 이르렀다.

한 번 다시 서로 다짐을 두었다. 그리고 거북은 등에 업었던 토끼를 내려놓았다.

거북의 등에서 뭍에 내린 토끼는, 열아홉 걸음 달려가서 거북에게 돌아섰다.

"이 어리석은 짐승아. 이 세상에 간을 꺼내고 사는 짐승이 어디 있단 말이냐. 간은 여기 이 내 가슴 속에 그냥 있다. 잘 가거라. 나는 산으로 간다."

한번 소리높이 거북을 비웃고는 몸을 돌려서 산으로 향하여 달아났다.

10

선도해는 춘추에게 이런 이야기를 하였다.

"알아들으시겠어요? 토끼가 거북을 속이고 옥에서가 아니라 바다에서 살아났단 말씀이지요. 옥에서…… 아이 내가 취했네. 옥에서가 아니라 바다에서 피해 나고자 거북을 속였단 말씀이지요. 예사 수단으로는 도저히 옥에서가 아니라, 참 취했어, 바다에서 피할 도리가 없으니까, 제가 하지 못할 일을 하겠노라고 거짓말을 해가지고 이로써 거북을 속이고 사지死地를 피해났단 말씀이에요. 바다에서고 옥에서고 살아나기 위해서는 거짓말이 필요한 때는 거짓말도 할 줄 알아야 하는 법인 모양이지요. 허허허 그놈의 토끼 슬기롭지 않아요?"

김춘추는 선도해의 수수께끼를 알아들었다. 감시하는 옥관이 있으매, 노골적으로는 말하지 못하였지만 선도해가 춘추에게 한 바 토끼와 거북의 이야기는, 말하자면 춘추에게 고구려 조정을 (토끼와 같이) 거짓말로 속이고 몸을 빼어나가라는 뜻임에 틀림이 없었다. 무슨 거짓말을 어떻게 한다는 것은 김춘추 자기가 안출해야 할 일이지만 속이고 몸을 빼어나가라는 선도해의 의견만은 넉넉히 알아들었다. 청포 삼백 필의 값이 넉넉하였다.

선도해를 보낸 뒤에 쓸쓸한 옥중에 혼자 남은 춘추는, 고구려 조정을 속일 일을 생각하였다.

고구려 조정에서는, 춘추더러 '지금 신라가 차지하고 있는 마목현 죽령竹嶺 등지는 본시 고구려의 땅이니 도로 돌려보내라'는 요구를 한다. 그 요구만 들어주면 물론 춘추는 본국으로 돌려보내 줄 것이다.

그러나 국가의 영토를 자의로 어떻게 한다는 것은 김춘추의 권한에 없는 일일 뿐더러 설사 권한 안의 일이라 할지라도 내 몸 하나를 위하여, 내 일신의 자유를 얻기 위하여 국가 영토를 운운한다 하는 것은 말이 되지 않는다. 도저히 응낙치 못할 일이다.

그러나 '돌려준다'는 거짓말로써 이 몸의 자유를 얻을 수 있다 하면 그 임시방편은 혹은 취하여도 무방할까.

김춘추의 몸이라는 것도 신라 국가에서는 꽤 중요한 것이다. 현재의 인망으로 보든 신분 지위로 보든 혹은 역량 수완으로 보든, 춘추의 존재는 현하 신라의 무게를 훨씬 더하고 있는 바다. 실질적으로 국가에 손해만 없을 터이면 임시방편의 거짓말쯤은 하여서라도 일신의 안전을 도모하는 것은, 오직 자기 한 사람을 위함이 아니요 국가적으로 적잖은 도움이 될 것이다.

김춘추는 자기의 일신의 자유를 도모하기 위하여, 고구려 조정에 비공식으로, 마목현 죽령 지방을 돌려주겠노라는 거짓 약속을 하기로 마음먹었다.

그로부터 며칠 뒤 김춘추는 막리지 연개소문을 좀 만나게 해 달라고 청하였다.

춘추는 개소문의 앞에 나아가게 되었다.

"나를 좀 보자고 그랬어요?"

호상에 걸터앉아서 개소문은 춘추를 보았다. 사람을 위압하는 그의 눈초리 앞에 춘추는 마주 앉아서 고요히 그를 우러러보았다.

"네, 막리지께 뵙구 잠깐 대왕님께 상주할 말씀을 주달해 주시기를 청하고자."

"대왕님께는 무슨 사연이오?"

"내 몸을 고국으로 돌려보내 주신다면, 마목현 죽령 등지를 귀국에 돌려보내오리다."

"그럼 내 대왕님께 여쭈어서 이찬을 뵈옵게 하리다."

이리하여 춘추는 고구려 보장왕의 어전에 나아가게 되었다.

"마목현, 죽령 등지를 우리 고구려에게 반환하겠다고?"

보장왕은 춘추를 보자 곧 이 말부터 꺼내었다.

"네이, 외신이 무사히 환국하오면 우리나라 임금님께 여쭈어 그 땅을 대왕님께 돌려보내도록 하오리다."

"그래, 그게 될 듯싶은가?"

"네이. 소국으로 말씀합자면 하신이 비록 우매하오나 소국의 귀한 몸이옵고 겸하와 왕실의 지친이옵니다. 소국 몇 백 리의 불모지지보다는 한 하신을 소중히 여기옵니다. 하신의 무사환국을 위하와는 몇 백 리의 불모지지는 결코 아끼지 않으리라고 하신은 믿사옵니다."

"만약 계림 임금이 응낙치 않으면?"

"하신의 이 몸뚱이가 계림의 국가로 보자면 약간한 영토보다는 더 귀중하옵니다."

왕은 그의 막리지 개소문을 돌아보았다. 어떻게 할까 하는 의견을 묻는 눈치였다. 개소문이 왕께 아뢰었다.

"계림은 본시 반복 무쌍하여 그대로 믿기 힘들지만 이찬을 인질로 삼아 국경까지 호송하옵고 거기서 마목현, 죽령 등지를 우리나라로 거두는 수속을 끝내고 이찬을 계림으로 돌려보내면 무방할 듯하옵니다."

"그럼 그렇게 하도록 해보지."

이리하여 마목현, 죽령 등지를 고구려로 돌려보내는 교환조건으로 김춘추의 귀국을 허락하기로 작정이 되었다.

/ /

삼백 필의 청포로 몸의 해방의 약속을 얻은 김춘추. 옥에서도 해방이 되어 그가 나라에서 데리고 온(밖에서 기다리고 있던) 종자들이 묵어 있는 사관으로 몸을 의탁하였다. 김춘추를 국경까지 호송할 관원이 준비되기까지 이삼 일간을 더 고구려에 묵어 있지 않을 수가 없었다.

옥에서는 나왔다.

그러나 장차 고구려의 호송군관들과 함께 국경까지 가야겠으니 거기서 고구려의 호송관원들을 어떻게 하고 자기 홀로이 고국으로 돌아가는가.

약속한바 마목, 죽령 등지 반환은 마치 토끼가 거북에게 약속했던 생간生肝출급과 마찬가지로, 춘추는 꿈에도 생각하지 않는 바였다. 그야말로 임시의 방편에 지나지 못하였다.

적지 않은 생령과 적지 않은 물자와 적지 않은 노력을 들여서 얻었던 그 영토를 왜 고구려에게 돌려주랴. 내 변변치 않은 몸뚱이 하나를 구하고자 그 피의 대상품을 고구려에게 주어? 당치않은 소리다. 또 그만한 영토를 얻을 수 있다 하면 이 목숨을 아끼지 않겠거늘 지금 일껏 얻었던 영토를 내 목숨 살겠다고 도로 내주어? 큰 망령이요 망발이다.

설사 내가 어떤 망발로 우리나라 조정에 그런 건의를 한다 할지라도, 우리나라의 조정에서 승낙할 리가 만무하다. 섣불리 그런 소리를 꺼냈다가는 장군 김유신의 성난 칼에 몸과 머리가 두 토막에 나고야 말 것이다.

고구려 조정에서는 호송관원들 동행케 하여 국경까지 보낸다 하니, 국경까지 가서 영토반환의 수속이 되지 않으면 도로 자기를 붙들어 서울로 데려올 것이다. 그렇게 되면 이번에는 성난 고구려의 군신에게 목숨을 잃을는지도 알 수 없다.

죽기가 아까운 바는 아니다. 그러나 자기 한 사람이 없어진다 하는 것은 신라의 국가로 보아서 막대한 손실이다. 똑똑히 가치를 따져 보면 마목현, 죽령 등 지방과 비겨서 그다지 가볍다고도 볼 수 없다. 자기 일 개인으로는 죽기가 아깝지도 않다 할지라도 국가적 안목으로 보아서 경경히 죽을 수도 없는 이 몸이다.

어떻게 해서든 목숨을 그냥 보전하여 가지고 귀국을 해야겠다. 여기서 그렇게 헛된 죽음을 하지 않고 곱게 보전해 두기만 하면, 장차 나라를 위하여 얼마만한 공로를 세울지 어찌 알랴.

여기서 죽는 것은 의미 없는 헛된 죽음이다.

그러면 어떻게 해서 이 목숨을 보전해 가지고 귀국을 하나.

12

그날 밤이었다.

춘추는 따로 방을 하나 차지하고 종자들은 종자들끼리 딴방에서 자고, 밤이 어지간히 깊은 때.

춘추는 소리를 감추어 자리에서 일어났다. 고구려의 감시병의 눈은커녕 자기네(신라) 종자들에게도 들키지 않을 만치 소리를 감추어서.

곁방(종자들이 자는 방)으로 소리 없이 건너갔다.

눈의 반사광 때문에 방안의 형지는 어렴풋이 알아볼 수가 있었다.

곤하기 때문에 깊이 잠든 종자들을 한 사람 넘고 두 사람 넘어 그가 목적했던 사람에게까지 이르렀다.

먼저 그 사람의 입을 막았다. 그리고 가만가만 몸을 흔들었다.

몇 번 흔들었기 때문에 깨어나는 그의 입을 수건으로 단단히 누르고, 입을 귀에 갖다 대었다.

작기는 하나마 폐부를 찌르는 듯한 음성으로 한 마디 한 마디 똑똑히 종자의 귀에다가 불어넣었다.

"먼저 귀국하거라. 김유신 대장군께 국경까지 정병을 이끌고 맞아달란다고 부탁해라. 나머지는 알아차려 좋도록 하거라."

그만치만 분부하면 그 뒤는 알아차려 잘 처리할 만한 사람을 골라서 분부했는지라, 이 간단한 부탁만 하고는 춘추는 자기의 자던 방으로 돌아왔다.

그리고는 이번은 시킬 일 다 시켰는지라 마음 놓고 자리에 들었다.

본시 김춘추가 고국을 떠나 고구려로 올 때에 김유신과 약속한바, 육순 - 두 달 - 이 지나도 춘추가 귀국치 않으면, 고구려에서 해를 본 줄로 인정하고, 김유신이 정병을 이끌고 달려와서 여제, 두 왕정을 쑥밭을 만들겠다고 한 그 두 달이 거의 다 되었다. 의에 굳고 용감한 김유신은 혹은 지금 그 정병의 준비를 해가지고 있을 것이다.

만약 김춘추가 두 나라 국경까지 이르기 전에 김유신의 행동이 시작되면, 모든 일은 다 허물어지고 만다. 지금 김춘추가 보낸 사자가, 유신이 정병을 이끌고 출발하려는, 그 같은 때에 도달해야 꼭 좋을 것이다.

아직도 김유신 정병의 비보가 고구려 조정에 뛰어들지 않았으니, 여기의 사자가 빨리 가기만 하면 꼭 알맞은 날짜에 들어가 닿을 것이다.

"그렇게 됩소서."

춘추는 심축[19]하였다.

드디어 춘추가 고구려를 출발하는 날이 이르렀다.

춘추는 고구려 임금께 하직하고 고구려의 장상들과 작별하고 귀국의 길에 올랐다.

춘추가 이곳으로 올 때에 데리고 와서 그 새 춘추가 왕옥에 갇히어 있을 동안 밖에서 기다리던 신라의 종자들이며, 김춘추를 호송하는 고구려의 호송관원(20명)의 일행은, 북국 정월의 매운바람을 가슴으로 안고 고구려 서울을 떠났다.

춘추 본시의 목적이었던 청병請兵은 완전히 실패하였다. 지금 구원병은커녕 무사히 국경을 넘는 것까지도 의심스러운 처지 아래서, 두 달 전에 왔던 길을 거꾸로 더듬어서 고국으로 길을 밟았다.

청병을 왔다가 그 사명을 다하지 못한 것만 해도 언짢은 일이거늘, 자기가 무슨 죄가 있다고 호송병으로 엄중히 단속을 받으면서 길을 가야 하는가.

그 위에 인제 장차 국경까지 이르러서 거기서 예기한 바와 같이 김유신의 영접 정예군이 와 있지 않으면, 그 뒤처리를 또 어떻게 해야 하는가.

방환放還 귀국의 길이지만 앞일을 생각하면 답답하였다.

고구려에서 실패한 구원병의 문제는 자기가 무사히 귀국하기만 하면 다시 다른 길로 활동하여, 당唐나라에 청병을 하여 당나라의 힘을 빌어서 백제에게 분풀이를 하면 되기는 될 것이다. 같은 이웃나라와의 분규를 가지고 멀리 당나라에게까지 청병을 한다는 것은 사체에 어긋나기는 하지만, 고구려가 이 청병을 응낙하지 않고 딴 시비를 꺼내니 부득이 그렇게 할밖에는 없다. 그러나 그보다도 선결문제는 자기의 무사 귀국이거늘, 이 문제가 어떻게 귀결될 것인가. 하루 이틀, 한 걸음, 두 걸음, 국경에 가까워 감을 따라서 무사 월경 문제가 차차 더 가슴을 무겁게 하였다.

여기서 김유신에게 보낸 사자는 어떻게 되었는가. 중도에 지체되지나 않았는가. 무사히 계림까지 득달하여서 예기했던 바와 같이 김유신을 만나서, 지금 이리로 달려오는 도중인가. 혹은 어떤 고장이 생겨서 모든 예기가 틀려나가지나 않았는가.

내일이면 국경까지 이르는 그 전날 밤이었다.

'내일'이라 하는 중대한 운명의 기로에 선 춘추는, 그 밤은 긴장되어 좀체 잠이 못 들었다. 지금껏 너무도 아무 소식도 없으니 불안증이 마음에 적지 않게 일었다.

그저께와 꼭 같은 어제요, 어제와 꼭 같은 오늘이나, 내일도 오늘과 꼭 같은(아무 변화도 없는) 날이 이르면 어찌하는가. 지금 고요히 잠든 이 세상에서 내일이라고 무슨 별다른 일이 생겨날 듯싶지도 않았다.

무슨 변동, 무슨 변화가 있어 주어야 할 터인데, 오늘과 꼭 같은 내일이 이르면 이 일을 어찌하는가.

근심 걱정으로 좀체 잠이 들지 못하고 이리 돌아눕고 저리 돌아누우며 전전 불매하다가, 거의 날이 밝게 되어서야 간신히 잠이 들었다.

첫잠을 살짝 들다가 밖에서 나는 소리에 깜짝 놀라 깨었다.

밖에서는 수다한 인마성이 요란스러웠다. 날은 벌써 밝아서 동천에는 불그스레한 아침빛 그림자까지 보이고, 인마성이 소란하고 소리 지르는 소리, 꾸짖는 소리 등 무슨 큰 소란이 일어난 것이 분명하였다.

동시에 이 소란한 소리를 누르고 우렁찬 노호성이 들려 가로되,

"우리 이찬 어디 계시오니까. 약속에 의지해서 소장 김유신 봉영[20]차로 왔습니다."

무얼?

이불을 박차고 일어났다. 옷을 입고 자던 몸이매, 그냥 문 밖으로 뛰쳐나갔다.

"김 장군!"

"어디 계시오니까?"

"여기오. 김 장군."

마주 붙들었다.

붙들매 무슨 말이 입에서 나오지 않았다. 너무 억하여 눈물만 주르르 흘렀다.

"김 장군 어떻게?"

"정병 삼천을 이끌고 이찬을 봉영하려 왔습니다."

이 근처의 민가를 점령하고 이틀 전부터 여기서 춘추의 오기를 기다렸다 한다.

춘추를 호송하여 온 고구려의 호송관원들은 김유신에게 잡혀서 한편 방에 감금되어 있다는 것이었다.

"김 장군. 사명을 다하지 못하고 성상께 욕을 돌렸으니 사람을 대할 면목이 없소이다."

"무법한 폭력 앞에 큰 욕을 보셨습니다. 성상께옵서 고대하시오니 어서 환경하사 성상 전에 뵈사이다."

"백제의 무도함을 갚고자 이 나라에 청병을 왔더니, 대왕께서는 도리어 내게 땅을 반환하라 요구하시니, 이것은 일개 사신의 자유 처리치 못할 문제라, 지금 임시의 방편으로 한 때 거짓말로 응낙했지만 이는 위협에 못 이기어 부득이 한 대답이라 시행치 못할 일이라고 대왕께 여쭈어라."

자기를 호송하여 온 고구려 관원들에게 이렇게 말하였다.

그리고 신라의 삼천 정예에게 호위되어 김유신과 말을 나란히 하여 서울로 길을 채었다.

어깨에 지고 갔던 사명은 다하지 못하였지만, 무사히 귀국한 것을 기뻐하여 임금은 큰 잔치를 열고 춘추를 맞았다.

　이때에 국경까지 진군하여 춘추를 무사히 맞아온 공로로 임금은 김유신을 압량주押梁州 군주軍主를 제수하였다.

『야담野談』, 1943년 12월~1944년 1월

---

1) **상보詳報**: 자세한 보고.
2) **가증**: 괘씸하고 얄미움.
3) **고임**: 굄의 뜻. 유난히 귀여워하는 사랑.
4) **상원일上元日**: 명절의 하나로 음력 정월 보름날.
5) **축국蹴鞠**: 발로 공을 차던 놀이.
6) **고굉지신**: 임금이 가장 믿고 중히 여기는 신하.
7) **지난**: 지극히 어려움.
8) **잠연히**: 분위기나 활동 따위가 소란하지 않고 조용히.
9) **다닥치고**: 서로 마주치어 닥치고.
10) **기치창검**: 옛날 군중에서 쓰던 깃발, 창, 칼 등의 총칭.
11) **시립**: 윗사람을 모시고 섬.
12) **복주**: 엎드려 삼가 아룀.
13) **입어**: 임금이 편전에 들어 좌정함.
14) **두선거리다**: 겨우 알아들을 수 있는 낮은 목소리로 말을 주고받는 소리가 계속 나다.
15) **주효**: 술과 안주.
16) **골독한**: 골똘한.
17) **여출일구**: 이구동성.
18) **야스꺼운**: 하는 행실이 마음에 들지 않고 밉살맞은.
19) **심축**: 진심으로 축복함.
20) **봉영**: 귀인이나 존경하는 사람을 받들어 맞이함.

아하! 그때는 이랬군요

전래 우화 중에서 '토끼의 간' 이야기는 『삼국사기』의 〈김유신전〉에 수록돼 있다.

김춘추가 직접 고구려를 방문해서 연개소문을 만나 감옥에 간혔다가 탈출하기까지의 과정을 재미있게 표현한 우화이다.

5세기 한반도 정세는 고구려가 동북아 일대에 독자세력권을 구축한 반면, 신라는 고구려에 예속된 상태였다. 그런데 6세기 중반 신라가 한강유역을 차지하면서 양국 관계는 점차 대등한 양상으로 변모했다. 이때는 7세기로 고구려(보장왕)는 막리지였던 연개소문의 지휘 하에 당나라와 전쟁을 치르고 있었고, 백제는 의자왕 집권기로 승승장구 하던 때고, 신라(선덕여왕)는 한강 유역을 장악하고 당나라와 교역을 하면서 백제를 칠 기회를 엿보고 있던 시기였다.

신라의 김춘추는 진흥왕을 증조부로 두었지만, 할아버지인 진지왕이 폐위된 다음 그의 집안은 진골귀족들의 배척을 받았다. 그러다 아버지 용춘이 진평왕의 둘째 딸과 결혼하고, 왕실 업무를 총괄하며 왕족의 위상을 조금씩 회복했고 금관가야의 후예인 김유신 집안과도 각별한 관계를 맺었다.

그러다 642년 여름 김춘추는 사위가 책임자로 있던 서방의 요충지인 대야성(경남 합천)을 백제에게 빼앗겼다. 패전의 책임을 떠안아야 할 위기에 몰려 돌파구를 찾아야 하는 상황에서 평양행을 결행하게 되었던 것이다.

　　642년 초겨울 김춘추는 고구려 평양성을 방문하여 막 정권을 장악한 연개소문을 만나 백제 공격을 위한 군사 지원을 요청하였다. 이에 연개소문은 '한강유역을 돌려주면 구원병을 보내주겠다.'고 했고 김춘추가 '신하의 몸이라 영토와 같은 중대한 문제를 결정할 수 없다.'며 사실상 거부의사를 밝히자, 연개소문은 그를 감옥에 가두어 버렸다.

　　연개소문은 쿠데타에 의해 최고 권력을 잡을 수 있었지만, 쿠데타의 명분이나 권력기반은 미약하여 명분 없는 쿠데타를 정당화하는데 구실이 필요했던 시기에 김춘추가 평양성을 방문했고 김춘추의 요구에 대해 강경한 입장을 견지했던 것이다.

　　그 후 김춘추는 가까스로 '꾀'를 내어 신라로 돌아올 수 있었고 648년 당으로 건너가 군사동맹을 체결하는데 성공하였다. 이로써 고구려는 남북에서 협공을 받는 상황으로 몰렸고 연개소문이 다양한 방안을 강구했지만, 대세를 뒤바꾸기에는 역부족이었다. 이후 신라는 당과 연합군을 구성해 백제와 고구려를 멸망시키고 끝내 신라까지 삼키려 했던 당과 전쟁을 치르고 난 뒤에야 삼국통일을 이룰 수 있었다.

632년_ 선덕여왕 즉위.

642년_ 김춘추 대야성 전투에서 사위와 딸을 잃음.

645년_ 김춘추 고구려에 갔다가 옥에 갇혔다가 풀려남.

647년_ 상대등 비담의 반란으로 선덕여왕이 죽고 진덕여왕 즉위.

648년_ 당과 동맹을 체결.

654년_ 태종무열왕(김춘추) 51세로 즉위.

661년_ 태종무열왕 사망.

676년_ 삼국통일.

김동인 역사소설

4편

청해淸海의 객客

청해의 객
清海　　　客

/

전쟁은 지금 가장 격렬한 상태였다.

이쪽과 적이 마주 대치하여, 궁시弓矢[1]로 싸우던 상태를 지나서, 지금은 두 편이 한데 뭉치고 엉키어 어지러이 돌아간다. 누가 이쪽이고 누가 적인지도 구별할 수 없이, 그저 마주치는 사람을 치고 찌르고, 내 몸에 칼이나 화살을 얼마나 받았는지, 그런 것을 검분할 수도 없이, 다만 흥분과 난투 중에서 덤빌 뿐이었다.

전쟁이라기보다 오히려 난투에 가까운 이 소란에 엉키어 돌아가면서도, 무주도독武州都督 김양金陽은 한 군데 목적한 장소를 향하여 나아가려고 애썼다. 저편 한 사오십 간 쯤 맞은편에서, 칼을 높이 들고 어지러이 싸우고 있는 중노인(자포紫袍를 입은 것으로 보아, 신분 높은 사람임이 분명하였다)이 있는 곳으로 나아가 보려고, 무척 애를 썼다.

그러나 겹겹이 막힌 적아敵我의 난투에, 팔 하나를 자유로이 움직일 수가 없을 뿐더러 김양 자신도 또한 칼과 방패로서, 이 전쟁의 당사자의 한 사람인 책무를 다하여야 할 몸이니, 아무리 어려서부터 오늘까지 무인으로 닦고 다듬고 단련한 철석같은 몸이라 할지라도, 오늘 아침부터 지금까지 난투를 겪어온 몸이매, 그렇게 뜻대로 마음대로 목적한 곳에 나아갈 수가 없었다.

자기 몸에 가해지려는 창검을 피하고 막아야 하며, 그러는 한편으로는 앞길에 겹겹이 막힌 군사들을, 적은 거꾸러뜨려야 하고 이쪽은 밀어치우거나 피하거나 해야 하고. 사람으로 꽉 찬 이 전쟁마당에서, 한두 사람을 건너 지나가기도 어려운 일이거늘, 사오십 간 저쪽에서, 간신히 옷 빛깔로 존재를 알아볼 수 있는 인물에게 어떻게 접근을 하랴.

그러나 어떻게 해서든 접근해야 할 책무감을 절실히 느끼는 김양은, 아직 몸에 남아 있는 힘과 용기의 있는 대로를 다 써서, 솟아 뛰고, 뚫어 보고, 헤쳐 보고, 갖은 애를 다 썼다. 다 써보았으나, 그의 몸은 그 자리에서 밀리고 뭉길 뿐이지, 조금도 전진은 못하였다.

마음 조급하기 한량없었다. 이 소란 중에서는 고함을 질러야 쓸데없고, 팔을 휘둘러야 저쪽의 주의를 끌 가망이 없었다.

무한 애를 쓰면서도 김양은, 내심 맥이 풀리고 기운이 죽었다. 맞은편 자리의 인물과 모이기는 모이어야 할 것이지만 모인댔자 인제는 쓸데가 없었다. 말은 '난투'라 하고 보기에도 '난투'

같기는 하나, 인제는 '난투'의 고비는 지났다. 이편 쪽의 완전한 패배이었다. 지금 범벅되어 난투하는 군졸들은, 그 대개가 '적'이지, 이편은 얼마가 안 되었다. 적이 적끼리, 어지러이 뭉기는 것이었다. 혹은 적인지 자기편인지 모르고 - 혹은, 그것은 짐작하지만 제 몸을 이 어지러운 굴함에서 좀 안전한 데로 뽑아내고자 - 소란에 소란을 가하는 것이었다.

지금 김양이 헤매는 근처가 가장 혼잡 분란한 곳이었다. 여기서 열아홉 사람쯤만 헤치고 나아가도, 거기는 여기 같이는 혼잡하지 않다. 거기서면 앞을 뚫기로 여기보다는 나아 보였다.

하다못해 거기까지라도 나아가고자 김양은, 이 혼잡 틈에서 있는 힘을 다 썼다. 숱한 애와 힘과 시간을 삭이어서, 김양은 가장 빽빽한 구덩이에서 벗어났다. 벗어나서는 조금 자유로이 된 팔다리를 움직여서, 앞으로 자포[3]의 중노인을 향하여 맹진하였다.

"상대등上大等[4](벼슬이름)!"

김양은 마치 붙안으려는 듯이 양팔을 벌리며, 자포의 중노인을 불렀다. 난군 중에 어지러이 싸우던 (상대등이라 불린)중노인은 낯을 돌려, 자기를 부른 사람을 보았다.

"오오, 김 도독[2]! 피차 무사한 모양을 보는구려. 우징祐徵은 어디 있는지, 예징禮徵은 어디 있는지……."

상대등은 이 어지러운 가운데서도, 얼굴에 미소를 띠고 침착

한 소리로 응하였다.

"젊은이들이오매 어디 무사히 피했을 줄 생각하옵니다. 상대 등, 지금 천금으로 바꿀 수 없는 존귀하신 옥체, 무사하신 옥안 우러르오니, 기쁜 말씀 올릴 바 없사옵니다. 인제 불행 옥체에 조그만 하자라도 생기면, 지하의 선왕과 국인들을 무슨 낯으로 대하오리까. 누추하지만 잠깐 소인의 품안에 옥체 감추시고, 이 호혈을 피하서 뒷날의 좋은 기회를 기다리는 것이 온당치 않을까 하옵니다."

"그도 그럴 듯하지만."

한번 사면을 둘러보았다.

"잠깐 엎드려 이야기합시다. 우리가 누구인지 알기만 했다가는 무사치 못할 테니, 시재의 방편으로 나 혼자 때보다도 도독까지 와서 두 사람이 모이니, 더 남의 눈에 띄기 쉬워.(두 사람은 거기 웅그리고 앉았다.) 자, 도독! 도독의 손을 이 내게 좀 주시오. 그렇지, 그렇게. 도독의 손을 잡고, 이 위난의 마당에서 내 도독께 부탁할 일이 있소이다. 물론 들어 주실 줄은 알고……."

김양은 깊이 머리를 숙였다. 아무런 부탁 내지 명령일지라도 듣겠습니다는 뜻이었다.

"다른 게 아니라, 내 이미 늙었고, 늙으면 참 할 수가 없어. 당연히 될 일도, 이게 능히 될까 하고 의심이 간단 말이지. 이미 늙어 여생도 얼마 못 되겠거니와, 이렇듯 심신의 기력이 줄어 없어진 내가 무슨 변변한 일을 하겠소. 모든 일을 사퇴하고 물러앉겠으니, 뒤에 남는 우징을 도독이 돌보아주시오. 아직 철모르는 소년이지만 본질이 그다지는 못나지 않은 것 같아. 좋은 보호자가 잘 가꾸기만 하면, 쓸모도 있음직해. 이 소란의 마당에서 무슨 상세하고 분명한 부탁을 하리까. 이만치만 하면 도독이 알아 처리할 테니까. 그러니 부탁은 그만치 하고, 자, 나는 여기서 동쪽으로 빠져나갈 테니, 도독은 서쪽으로 빠지시오. 요행 둘이 다 무사히 상봉할 날이 있으면 그런 기쁜 일 다시 없거니와, 못 만난대도 부탁은 부탁으로, 자 서쪽으로. 표적 나는 웃옷 벗어버리고."

"아이, 상대등. 한 마디만, 꼭."

그러나 상대등은 못 들은 듯이, 몸을 빼쳐서 난군 틈으로 끼어들었다. 김양은 뒤따라 일어서서 미친 듯이 팔을 저으며 상대등을 부르며, 그 뒤를 따르려고 난군 틈으로 끼어들었다.

그러나 두 걸음 세 걸음 나아가다가, 유시流矢[5] 한 대를 등에 받고 그 자리에 넘어졌다. 그러나 그의 신분을 아는 자 없어서, 이를 자랑하여 공을 세우려는 적도 없었고, 이를 보호하여 고토에 안장시키려는 이편 쪽도 없었다.

$\mathcal{2}$

때는 신라 흥덕왕興德王 십일 년 섣달, 흥덕왕 방금 승하하여 나라는 국상 중이었다.

일찍이 흥덕왕은 왕위에 오르기 전에 장화章和부인이라는 사랑하는 배필이 있었다. 흥덕왕이 왕위에 오르자, 부인은 '왕후'의 영화를 누려볼 겨를도 없이 불행히 승하하였다.

장화부인을 끔찍이 사랑하던 왕은 부인 떠난 뒤 다시 새 왕후를 맞지 않고, 먼저 간 장화부인을 사모하는 쓸쓸하고 애타는 왕 생애를 십일 년간 보내다가, 당신도 부인의 뒤를 따른 것이었다.

그런지라 적출 왕자가 없었다. 따라서 왕이 승하하면 국가적으로 뒤를 이을 주인이 없었다. 왕족 중에서 가장 가깝고 영특한 분을 모시어다가 위를 맡길밖에 없었다. 왕후라도 있으면, 이 중임의 일부를 의논이라고 할 것이나, 이 왕께는 왕후도 없었다. 가까운 종친으로는 당제堂弟 상대등 김균정金均貞과 균정의 아들 시중侍中[6) 우징 및 또 다른 당제의 아들 김제륭金悌隆(제륭의 아버지는 세상을 떠났다)이 있었다.

김균정과 우징의 부자, 김제륭, 이렇게가 가까운 종친이었다. 따라서 흥덕왕이 승하하면, 김균정과 김제륭 가운데 후계 임금이 날 것이었다. 균정이나 제륭이나 둘 가운데 한 사람이 양보

하지 않으면 당연히 왕위계승의 쟁탈전이 벌어질 것이었다.

태종무열왕의 2세손이요, 이 나라 가장 명문의 하나인 김양은, 홍덕왕 승하 때에 무주도독으로 임지任地에 있었다.

국왕 승하의 슬픈 보도를 받고 그는 서울로 달려 올라왔다. 현왕 승하하면 당연히 왕위계승의 문제로 분쟁이 일어날 것을 짐작하고, 거기 한팔 쓰려고 달려온 것이었다.

양은 균정과 가까이 살았다. 어렸을 때부터 균정을 모시며 자랐으니만치 균정의 위인을 잘 안다. 대행왕께 적왕자嫡王子가 있었으면 다른 말 쓸데없지만, 그렇지 못하면 균정이야말로 후계 왕으로 가장 적임자라고 양은 굳게 믿는다. 그 인품, 인격, 천 년에 가까운 이 사직을 물려받을 중한 자리라, 소홀히 결정하였다가는 큰일이다.

양이 잘 아는 바, 균정은 어느 모로 뜯어보아도 추호 부족한 데가 없는 인물이다. 더욱이 만약 균정이 그 자리에 아니 오르면 당연한 순서로 거기 오를 사람인 김제륭은 사람이 약하고 게다가 좀 경망하였다. 임금이 되기에는 부족하였다.

만약 균정이라는 사람 없고, 제륭 단 혼자면 세부득이 하지만, 균정이라는 훌륭한 적임자가 있고야, 왜 부족한 이를 위에 모시랴.

그렇게 되면 그것은 국가의 괴변이다. 이런 괴변이 생기지 않도록 사전에 방지하기 위하여, 양은, 황황히 국상 중의 서울로 달려온 것이었다. 달려와서는 그래도 좀 주저하는 균정을 등 밀다시피 해서 적판궁積板宮[7)]으로 들어 모시었다. 일가 병사들로 숙위케 하였다.

일이 이렇게 되매, 경쟁자인 파에서도 가만있지 않았다. 군사를 풀어 적판궁을 둘러쌌다.

양은 여기 오산誤算을 한 것이다. 균정을 대궐로 모시어 즉위케 하고, 국왕의 명으로 호령하면, 그 뒤는 일이 순순히 될 줄로 믿었다. 국왕의 명령에 거역하면 이는 즉 반역이니까……. 그렇기 때문에 충분한 병력의 준비도 없이 즉위의 절차부터 하였던 것이었다.

그러나 제릉의 파에서는 균정을 왕으로 여기지 않고, 따라서 균정의 호령을 왕명으로 알지 않고, 양이 궁문에 나서서, 신왕이 여기 계신데 너희들은 어찌 반역을 하느냐고 호령해 보았지만, 거기 대한 대답으로는 화살을 보낼 뿐, 더욱 포위를 굳게 하고, 싸움을 돋우었다.

하릴없었다. 수 적은 군사로써, 몇 천의 적과 싸우지 않을 수가 없었다. 저쪽은 하도 수효가 많은지라, 서로 자기네끼리도 밟고 밟히어 죽는 무리가 적지 않았지만, 적은 인원으로 많은 사람과 싸우느니만치, 이편은 마침내 전멸당하였다.

이쪽의 수령격인 김양이 유시에 맞아 거꾸러지는 그때쯤, 동편으로 뚫고 나가던 균정은, 그의 채 벗지 못한 자포紫袍의 탓으로, 제륭파의 손에 비참한 최후를 보았다.

제륭은 그의 일파의 옹위로써 왕위에 올랐다. 즉 희강왕僖康王이었다.

신왕의 경쟁자이던 균정은 세상을 떠났으며, 균정의 아들 김우징金祐徵은 어디로 갔는지, 종적이 사라졌다.

3

지금으로 이르자면 남조선 전라남도. 전라남도에도 남쪽 바다에 완도莞島라는 섬이 있다.

지금으로부터 일천 년 전, 완도는 신라의 영토였다. 본시 백제의 영토이던 것이 백제가 망하며 신라에 속하였다. 땅이름은 청해淸海라 일컬었다.

신라에서는 청해에 진을 두고, 궁복弓福이라는 무인武人을 대사로 보냈다. 본시 궁복은 용력이 있는 사람으로, 일찍이 당나라에 가서 오래 있었다. 있으면서 본 것이, 당나라 사람들이 늘 신라로 건너와서 신라인을 잡아다가 종으로 부려먹고 종으로 매매하는 일이었다. 제나라 사람들이 이런 비참한 일을 당하는 것을 분하게 생각하여, 본국으로 돌아와서 왕(흥덕왕 때)께 아뢰어 신라와 당의 요로要路인 청해에 진을 두게 하였다.

나라에서는 궁복으로 이 청해진의 대사大使를 삼았다. 궁복이 청해를 지킨 이래로는, 신라인 약탈 매매의 폐단이 없어졌다.

　내지內地에서는 홍덕왕이 승하하고 그 뒤 얼마 옥신각신하다가 희강왕이 보위에 오른 지도, 제 이 년째 되는 해 오월. 희강왕의 아래서 왕의 조카뻘 되는 김명金明이 상대등이 되어 나라의 권세를 한 손에 잡고 흔들고 있었다.

　내지에는 그런 분란이 있었지만 내지와 멀리 떨어져 있는 이 고도孤島는, 내지의 바람 내지의 물결 다 관계없이 오직 평화와 안온의 꿈에 잠겨 있었다.

　이 외딴 곳에서 독재왕의 노릇을 하고 있는 궁복은, 오월의 상쾌한 해풍海風을 받으며 손님과 마주 한담을 하고 있었다.

　젊은 손님이었다. 지금 겨우 소년의 역을 지난 듯 만 듯한 소년이로되, 어디인지, 어떻게 인지, 사람을 위압하는 위력이 있어, 천병만마지간을 다 다녔고, 무한 거만하여, 웬만한 사람을 사람으로 여기지도 않는 대사 궁복도, 이 소년에게는 자연 굴복하는 태도를 취하지 않을 수가 없었다. 월전月前8)에 표연히 이 섬에 들어와서 궁복에게 기탁寄託하고 있는 정체모를 소년이었다.

　몇 번 소년의 근본을 물어보았지만, 소년은 미소하며 대답을 피하였다. 그러면 궁복은 재차 물을 기운조차 꺾이리만치 그 소년에게는 알지 못할 위압력이 있었다.

　오월 하풍에 주안을 벌려 놓고, 소년과 마주 앉아 술을 나누며 담소하던 나머지에, 소년에게서 이런 말이 나왔다.

"대사의 막하에 용졸勇卒을 모으면 몇 명이나 되리까?"

"오천은 되오리다."

"오천…… 오천……. 그 오천은 대사의 한 호령에 수화를 가리지 않으리까."

"그러오리다."

이것으로 이 대화는 끝이 났다. 궁복은 좀 더 캐어 보고 싶었지만, 캐어 본댔자 소년은 슬쩍 피할 것으로 보아, 그만두고 말았다.

그 며칠 뒤, 소년은 궁복에게, 오천 군졸을 좀 빌려 달라, 청하였다. 자기가 창안한 결진結陣[9]법이 있는데 아직 써보지 못하였으니, 그 군졸로써 시험해보겠다는 것이었다.

궁복은, 진졸陳卒을 소년에게 빌려주었다. 삼사 일 지나서 궁복은, 몸서리치도록 놀랐다. 소년이 군졸들을 데리고 습진習陣[10]한 지 단 삼사 일, 소년의 손 아래서 놀아나는 군졸의 실력도 놀랄 만치 진척되었거니와, 그 군졸들이 소년의 한 마디 호령에 복종하기를, 그들의 여러 해 동안의 상관인 자기에게보다 더 순순한 것이었다.

무시무시하였다. 그러나 말없는 위력에 눌려서 거역하거나 괄시할 수가 없었다.

세월이 흐르기를 한 달…… 두 달…… 석 달…… 넉 달…….

그 해도 어느덧 넘어가고, 이듬해(희강왕 제 삼 년째).

서울서는 왕위쟁탈의 또 한 개 괴변이 일어났다.

희강왕의 조카뻘 되는 상대등 김명. 상대등으로 국권을 오로지 하던 김명은, 상대등으로 흔드는 국권 만에는 미흡함을 느끼었던지, 딴 장난을 시작하였다. 부하들을 움직이어 먼저 왕의 측근 신하들을, 차례로 없이하였다. 그 없이하는 궁극의 목적을 뻔히 아는 임금은, 당시의 힘으로는 이를 제지하거나 막거나 할 실력이 없어서, 스스로 대궐에서 목을 매어, 당신의 생명을 끊었다.

자기의 손으로 왕을 시弑하지 않고도 목적을 달한 김명은 스스로 서서 임금이 되었다. 민애왕閔哀王이었다.

청해진에서 이 소식을 들은 정체모를 소년은 한순간 얼굴빛이 변하였다.

그날 저녁 의문의 소년은 대사 궁복과 조용히 (사람들을 물리치고) 마주 앉았다.

비로소 자기의 신분을 말하였다. 균정의 아들 우징이었다. 흥덕왕 승하한 뒤에, 아버지 균정이, 일가 형뻘의 제륭(희강왕)과 왕위를 다투다가, 아버지 균정이 참패 참사하고, 제륭이 왕위에 오르게 되자, 우징은 신변의 위험을 느끼어 이리저리 피하고 숨어 다니다가, 청해에 겨우 은둔소를 찾아내고 궁복에게 몸을 의탁하고 있던 것이다.

불끈불끈 복수의 생각이 솟고 하였다. 아버지의 원수, 또한 겸해서 암약한 군주에게 첫째로는 사사로운 원수를 갚을 겸 또한 국가적으로도 그 가음이 아닌 현 왕께, 좋지 못한 생각이 일곤 하였다.

그러나 한편으로는 이러니 저러니 하여도 현재의 국왕이요, 선왕을 모해한 찬역지주가 아니매, 자기 일신상으로 보자면 원수이지만, 국가적으로 찬탈왕은 아니다. 자기의 아버지 균정을 떼밀고 등극한 사사로운 원혐은 있어 이런 관계상 자기 한집안에서는 그를 떳떳한 임금으로 여기지 않았다. 하지만, 국가적으로는 흥덕왕의 뒤를 이은 정당한 임금이다.

그러매 이 임금께 위해를 가하면 이가 즉 반역이다.

그러므로 반역심과 함께 반역 불가능의 해석을 아울러 가슴에 품은 우징은, 그것으로 늘 내심 번민하였다.

'성즉군왕 패즉역적成則君王 敗則逆賊'이란 말이 그대로 실현되어 현재 제륭이 군왕이 되어 있는 이상은, 그에게 반역하여 역적이라는 칭호(그때도 역시 성즉군왕이요, 패즉역적일 것이다)를 뒤집어쓰기가 싫었다.

그러나 또한 사정으로 보든 적판궁에서의 전쟁으로 보든 그냥 방임할 수 없음을 어찌하랴.

이러한 문제에 끼어서 스스로도 자기의 거취를 작정치 못하고 모호한 세월을 보내고 있을 때에, 서울에서의 소식은, 그 문제 임금의 피시被弒[11]를 알린 것이었다.

인제야말로 자기의 손을 들 때가 이르렀다.

지금 왕위에 오른 김명은, 내왕乃王을 시한 천하에 무도한 인물이다. 떳떳이 보검을 들어 그의 머리를 벨 수 있다. 국가적 입장에서 보아서…….

또한 우징의 사사로운 원혐으로 볼지라도, 선왕(희강왕)은 나약하고 과단성 없는 분으로 연전年前의 적판궁의 변란도, 그이의 일이 아니고, 전혀 그이의 뒤에 숨어서 줄을 농락한 김명의 일이었다. 김명의 놀리는 줄에 대행왕은 한 어릿광대로 출연한 데 지나지 못하였다.

그때 그 고약한 줄을 농락하여 대행왕을 보위에 올려 모시고 자기는 상대등이 되어 권세를 천단[12]하기에, 그만치만 알았더니, 혹은 그때부터 벌써 오늘날의 계획을 꾸며두었었는지도 알 수 없다.

오늘날 대행왕을 시하고 스스로 왕위에 오른 김명은, 국가적으로 시왕弒王의 대죄인일 뿐더러 우징 자기에게는 또한 아버지의 원수에 다름없다.

인제는 당당히 문죄의 보도寶刀[13]를 높이 들어, 대역무도의 김명을 수죄數罪할 수 있다.

문죄[14] 수죄[15] 다 한 뒤에, 마지막에 자기가 새로이 신라 국왕의 위에 오른다면? 이는 망부의 숙지宿志[16]일 뿐더러 국인의 마음 향하는 바 또한 이러하다.

자기의 근본과 아울러 자기의 마음까지 비로소 궁복에게 말한 우징은, 궁복에게 협력 보조를 빌었다.

무인으로서의 솔직한 성격의 주인인 궁복은 쾌히 응하였다. 더욱이 우징이 균정의 아들인 것을 알고는, 궁복 자기도 균정이 임금 되기를 희망한 만치, 자기의 힘껏 우징에게 견마지로[17]를 다하기를 맹서하였다.

그로부터 이 외딴 섬 청해에서는 일변 군사를 모집하고 일변 조련하느라고 몹시 소란스러웠다.

어떤 날 우징은, 종일 군사조련을 하고, 피곤한 몸을 집(궁복의 별제)으로 옮길 때였다.

웬 한 사람이 저편에서 우징에게로 달려왔다. 달려와서는 우징의 앞에 공손히 절하였다.

"시중께 문안드리옵니다."

우징은 그 사람을 보았다. 보고 알아보았다.

"아이구, 이게."

"무량하신 것을 뵈오니 어찌 기쁘온지."

"이게 누구요!"

다른 사람이 아니라 김양이었다. 아버지 균정과 적판궁 앞에서 맹전하다가 적시敵矢에 맞아 거꾸러졌던 김양.

이래 삼 년간을 생사를 알 수가 없던 양이 홀연히 나타난 것이었다. 양은 살에 맞아 거꾸러졌다가 저녁때야 피어났다. 피어나 보매 싸움은 어느덧 끝나고, 무수한 시체만 사면에 널리어 참담한 전장을 조상하고 있다.

아직 몸을 쓰기도 거북하였지만 더구나 남의 눈에 뜨일까보아, 양은 벌벌 기어서 차차 전장에서 벗어났다.

그로부터 삼 년간 몸을 숨겨 각 곳으로 유리하였다. 의탁하였던 균정은 전장에서 참화를 본 것을 알았지만, 균정의 유고 우징이 이 세상 어느 곳에 살아 있을 것이라 보고, 언제든 그를 찾아서 그를 협력하여 고 상대등의 유지를 달성하고자, 이리저리로 헤매었다.

그러던 중에, 그 우징이 남해의 고도 청해에 있다는 소식과, 거기서 지금 군사를 모집하고 조련한다는 소식을 얻어들었다.

때가 이르렀다고 양도 일어섰다. 이전의 막하들을 부르고, 군사를 모아서 오천 명이라는 군졸을 얻었다. 이 군졸을 얻어가지고는 곧 무주를 엄습하였다. 이전에 무주에 도독으로 있었던 관계도 있고 하여, 무주를 엄습한 것이었다. 무주를 엄습하여 손아래 넣고, 다시 남원南原을 돌아 신라 본토까지 세력범위 아래 넣은 뒤에, 청해로 우징을 찾아온 것이었다.

우징은 내지로 모셔다가 옛 주인의 유지를 달성시키려 하는데, 부접할 지반이 없고, 군사 둘 자리가 없으면 안 되겠으므로, 우선 무주 남원 등지를 손에 넣은 뒤에 비로소 청해로 우징을 맞으러 온 것이었다.

우징, 양, 병졸들, 이 일행은 청해에서 내지로 들어왔다. 우징은 사졸들과 기거를 같이하며 고락을 함께 겪어, 그들로 하여금 이이의 앞이면 죽음이라도 피하지 않을 만한 신망을 얻었다.

그 겨울에 저녁하늘에는 커다란 살별[18]이 나타났다. 그 살별은 꼬리를 동녘으로 향하고 있었다.

이것을 본 무리들은,

'이는 낡은 것을 제하고 새것을 펴며 원수를 갚고 치욕을 씻을 징조'라고 서로 기뻐하며 축하하였다.

김양은 평동장군平東將軍이라 하였다. 동방을 평정한다는 뜻이었다.

우징의 이름으로 천하에 장군들을 불렀다.

김양순金亮詢이 무주군을 인솔하고 달려온 것을 필두로, 천하의 장군들이 우징의 막하에 모여들었다.

우징, 염장閻長, 정년鄭年 등 여섯 장군으로 하여금 군사를 인솔하고 북을 두드리며 무주성에 들 때 같은 때는 군용이 진실로 당당하고 성하였다.

신왕인 김명에게는 반역군이요, 국가적으로는 토역討逆[19]군인이 군대는, 착일착 점령지대를 넓히며 동진하였다.

여러 곳에서 그곳 수장에게 반항을 받았지만, 반항하는 자는 모두 참패하였다.

신라대감新羅大監[20] 김민주金敏周 같은 사람은 적지 않은 군사를 끌어가지고 반항을 하였지만 우징의 막하 장군 낙금駱金, 이순행李順行 등이 마병으로써 돌격을 하여 이를 평정하였다. 토역군인지 반역군인지 장차 결과를 보아야 밝혀질 우징의 군대는, 평동장군 김양의 지휘 아래, 옛날의 국경도 무사히 넘어, 동진을 계속하여 새해 정월 열아흐레 날은 대구에 이르렀다. 인제는 서울도 지호간[21]이었다.

요 며칠 전에 선왕을 목매게 하고 스스로 서서 임금이 된 김명은, 관군을 호령하여 나아가 맞아 싸우게 하였다. 관군을 내어 보내기는 하고도 왕은 스스로 절망의 탄성을 연하여 내었다. 위에 오른 지 불과 수삼삭, 아직 내 백성 내 군사라고 믿을 만한 사람은 얻지 못하였는데, 돌연한 이 변란이요, 더욱이 변란의 주인인 우징은 그의 아버지의 대부터 관민 간에 많은 존경과 애모를 받던 사람이었다.

이러한 입장이매 분명한 패배요, 멸망이다.

근신 시종들도 모두 도망가고, 겨우 붙들어 둔 두세 명을 데리고, 왕은 망루에서 형편 형세를 살피고 있었다. 대구를 벌써 지난 적군이매, 관군과는 서울 근교에서 부딪칠 것이다. 부딪치면 그 결과는?

분명한 패배일 줄 알면서도, 그래도 천에 하나의 요행을 기다리는 왕은 시종들과 교외 쪽을 바라보고 있었다.

그날은 요행 무사하였다.

자리에 들었으나 잠을 못 이룬 김명 왕은, 전전불매할 동안 삼경 사경쯤 갑자기 소란한 소리가 일었다.

옷도 입은 채였던 왕은 그냥 자리에서 뛰쳐나왔다. 무슨 소리인지 알아볼 겨를도 없이 전외로 뛰쳐나갔다.

어두운 가운데, 엎어지며 넘어지며 대궐 뒷문으로 빠져나왔다. 시종 한 명도 없이 - 아니, 오히려 시종에게라도 들킬세라 몸을 숨겨서, 이궁離宮²²⁾으로 달려가서 숨어들었다. 이궁에서도 전에 들지 못하고 헛간에서 - 헛간에서도 숨도 크게 못 쉬고 숨어 박혔다.

그러나 하늘은 그의 죄를 용서하지 않았다.

왕을 찾아 본궁으로 달려 들어갔던 병사들은 본궁에서 목적한 사람을 찾아내지 못하고 이궁으로 쫓아와서 이궁에서도 헛간에 와들와들 떨며 숨어 있는 인물을 종내 찾아내었다.

팔자에 없는 왕 노릇을 몇 달간 하여 본 대상으로 그는, 아직 좀 더 살 만한

생명을 잃어버렸다.

우징군의 통솔자로 장졸을 인솔하고 왕성 안에 들어온 김양은 우선 시민들을 안돈시켰다.

"목적한 바는 김명 한 사람이라, 김명 이미 하늘의 벌을 받았으니 너희들은 마음 놓고 경거망동하지 말라."

그리고 막하 장령을 돌아보았다.

"생금하란 흉도는 생금했느냐."

"네이. 여기 대령했습니다."

"불러내라."

김양의 분부로 끌려나온 인물 - 그는, 왕(김명)의 가장 심복막하로서, 일찍이 적판궁의 싸움에서는 가장 횡포하고 잔학한 일을 많이 하였고, 지금껏 김양의 적수로 적대해 오던 배훤백裴萱伯이었다. 적판궁 싸움에서는 김양을 향하여서 네 대의 살을 쏘아, 양의 다리에 지금까지 상처의 자리를 남긴 - 개인적으로도 양의 원수였다.

그런 인물인 만치 간도 큰 모양이었다. 열패자로서 승리자인 양의 앞에 끌려나오니 만치, 당연히 죽을 것으로 각오를 한 모양으로 맞은편에 딱 버티고 섰다.

양은 훤백을 바라보았다. 빙긋 웃었다. 웃으면서 입을 열었다.

"충견忠犬은 제 주인을 위해 짖는 법이라, 네가 네 주인을 위해 내 다리를 쏜 건 의사義士야. 너는 혹은 내가 너를 죽일 줄 알았는지 모르나, 내 어찌 의인을 죽였다는 악명을 후세에 남기랴. 네 집에 돌아가서 가솔을 거느리고 여생을 보내거라."

그리고 군졸들을 돌아보았다.

"야. 이 사람을 고이 제 집으로 돌려보내거라."

죽을 줄 알고 죽을 각오로 끌려나왔던 훤백에게는 이 처분은 꽤 의외인 모양이었다. 눈이 휑하니 물러나갈 생각도 않고 양의 얼굴만 쳐다보고 있었다.

어서 물러가란 재촉을 몇 번 받고 군졸에게 어서 나가자는 재촉까지 몇 번 받은 뒤에야 훤백은 그 자리에 넓적 엎드렸다.

"대인! 지난 허물을 관대히 용서해 주신다면, 장차 대인을 위해 이 목숨, 아끼지 않으오리다."

"오오, 만약 그럴 생각이라면 이 나를 위해서보다, 장차 위에 오르실 나라님을 위해서 나라님께 내게 대신으로 바쳐 올려라."

"그야…… 다시 말씀 안 하실지라도……."

"자, 그럼 물러가거라. 예전 김명에게 바치던 충성을 백배하여 새 나라님께 바치기를 잊지 말아라."

"어찌 잊사오리까."

김양의 지휘로 대궐은 깨끗이 수리가 되었다.

천하에 바야흐로 무성하려는 첫여름 사월에, 이 대궐의 새 주인 시중 우징은 만도 시민의 만세성과 백관[23]의 봉영[24]으로 대궐로 들어와서, 구오九五의 위에 올랐다.

신무왕神武王이었다.

『조광朝光』, 1944년

1) 궁시弓矢: 활과 화살.
2) 도독都督: 신라 때 주(州)의 장관.
3) 자포紫袍: 자줏빛 도포로 매우 훌륭한 옷이나 예복.
4) 상대등上大等: 신라 때의 최고 벼슬로 귀족의 우두머리.
5) 유시流矢: 누가 쏘았는지 모르는 화살.
6) 시중侍中: 신라 때 집사성의 으뜸 벼슬.
7) 적판궁積板宮: 신라 경주 궁궐 중의 하나.
8) 월전月前: 한 달 이상이나 되는 기간 전.
9) 결진結陣: 많은 사람이 모여 기세를 올리면서 단체 행동을 함.
10) 습진習陣: 진법을 연습함.
11) 피시被弑: 임금이 신하에게 죽임을 당함.
12) 천단: 제 의견대로 함부로 함.
13) 보도寶刀: 잘 만든 귀한 칼.
14) 문죄: 죄를 캐내어 물음.
15) 수죄數罪: 범죄 행위를 들추어 열거함.
16) 숙지宿志: 오래 전부터 마음에 품어 온 뜻.
17) 견마지로: 임금이나 나라에 정성껏 충성을 다함.
18) 살별: 혜성(태양을 초점으로 하여, 밝게 빛나는 긴 꼬리를 끌며 포물선 또는 타원의
    궤도를 도는 천체).
19) 토역討逆: 역적을 토벌함.
20) 대감大監: 신라 때의 무관직.
21) 지호간: 손짓하여 부를 만한 가까운 거리.
22) 이궁離宮: 궁성 밖에 마련된 임금의 거처.
23) 백관: 모든 벼슬아치.
24) 봉영: 받들어 맞이함.

아하! 그때는 이랬군요

　통일신라, 무열왕(29대왕)에서 혜공왕(36대)에 이르기까지는 왕의 장남이 1순위, 없다면 바로 밑의 동생이 왕위를 계승하는 원칙이 나름 잘 지켜졌다. 그러나 혜공왕 이후 내물왕계(17대왕이었던 내물왕의 후손들, 내물왕은 왕위를 차지했던 박, 석, 김씨의 왕위세습을 김씨 세습으로 바꾸고 중앙집권국가의 틀을 갖춤)가 왕위를 잇자 무열왕계와의 왕위다툼이 치열해졌다.

　특히 원성왕은 다른 진골들의 도전에 위협을 느껴 가까운 친척들에게 많은 권력을 나눠 주었다. 왕과 태자를 정점으로 하여 극히 좁은 범위의 왕족들이 상대등, 시중 등 요직을 독점하여 원성왕 사후 자손들 간의 격심한 왕위분쟁의 원인이 되었다.

　애장왕 이후 헌덕왕, 희강왕, 민애왕, 신무왕으로 이어지는 5대 30년간의 다툼은 원성왕 자손들 사이의 치열한 왕위쟁탈전이었다.

　우징(신무왕)은 헌덕왕 때 아버지와 함께 김헌창의 난을 진압하는데 공을 세우면서 정치에 발을 들여놓았다. 흥덕왕이 후사 없이 죽은 뒤 균정(우징의 아버지)과 제륭이 왕위계승 순위에 오르자 김양 등과 더불어 아버지를 왕으로 추대하였다. 그러나 경쟁세력의 반격으로 패배하여 아버지는 죽고 추종세력들은 뿔뿔이 흩어졌다.

우징은 이듬해 장보고에게로 가 은신하였다. 장보고는 중국 해적들의 인신매매를 근절시키기 위해 왕의 허락을 얻어 1만의 군사로 해로의 요충지 청해에 진을 설치하고 해적을 소탕하고 청해진 대사가 되어 휘하에 많은 병사를 거느리고 있었다.

우징이 청해진에 오자 이듬해 장보고는 우징, 김양 등과 함께 반란을 일으켜 민애왕을 죽이고 우징을 왕위(제45대 신무왕)에 오르게 하였다. 그러나 신무왕(우징)은 갑자기 같은 해 병사하고 아들 문성왕이 즉위하였다. 이에 장보고는 딸을 문성왕에게 시집보내려 하다 실패하였고 조정에서 자신을 제거하려하자 반란을 일으켰다가 결국 자객 염장에게 살해되었다.

당시는 신라의 쇠퇴기로 왕위를 둘러싼 귀족들의 다툼이 심하였는데, 문성왕 재위 기간 동안에도 장보고의 반란을 비롯한 많은 사건이 일어났다. 이후 계속된 왕위다툼으로 중앙의 통치력이 매우 약화되었고 점차 지방 세력들이 각지에서 독립 세력을 형성해 가게 되었다.

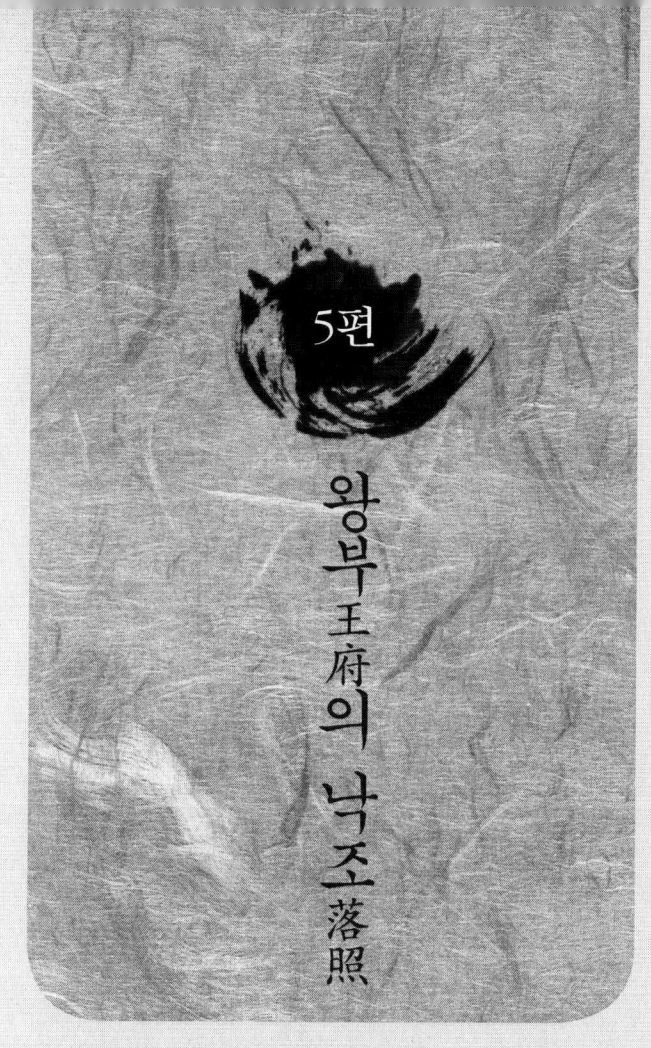

5편

왕부王府의 낙조落照

왕부의 낙조
王府   落照

/

자시子時.

축시丑時.

인시寅時도 거의 되었다.

송악松嶽을 넘어서 내려 부는 이월의 혹독한 바람은 솔가지에서 처참한 노래를 부르고 있고 온 천하가 추위에 오그러뜨리고 있는 겨울 밤중이었다.

이 추위에 위압되어 행길에는 개새끼 한 마리 얼씬하지 않고 개경 십만 인구는 두꺼운 이불 속에서 겨울의 긴 꿈을 꾸고 있을 때다.

그러나 대궐에는 이 깊은 밤임에도 불구하고 고관에서부터 말직까지가 모두 입직하여 있고, 방방이 경계하는 듯한 촛불이 어른거리고 있었다.

왕후궁 노국魯國 대장공주전大長公主殿의 앞에는 내시며 궁액들이 몸을 우그리고 추위에 떨며 심부름을 기다리고 있었고,

침전[1]의 밖에도 두 명이 지키고 있었다.

침전과 정침[2]에는 아무도 없는 대신에 그 협실[3]에 두 사람이 있었다.

협실에 안치한 불상 앞에 중 편조遍照가 합장을 하고 꿇어앉아 있고 그 곁에는 고려 국왕 공민恭愍이 단아하게 역시 불상 앞에 머리를 숙이고 앉아 있었다.

난산 후에 환후 위독한 왕후 대장공주의 쾌차를 불전에 빌기 위하여 왕은 비밀히 중 편조를 침전까지 불러들이어서 여기서 기원을 드리는 것이었다.

부처에 매우 귀의해 있는 왕이 원나라에 있을 때에 구해 두었던 용하다는 불상 앞에 지성으로 꿇어 엎드려 있는 왕과 편조.

어지럽고 불길한 일이 박두해 있는 가운데서도 고요히 고요히 깊어 가는 겨울의 밤을 왕과 편조는 불상 앞에 엎드려서 공주의 쾌차를 빌고 있었다.

궁중에 비밀히 불러들인 편조라, 큰 소리로 기원을 외지도 못하고 입 속으로 드리는 그 기원에 왕은 연하여 합장 예배하였다.

이때에 복도를 쫓아서 공주부(숙옹)에서 침전으로 달려오는 가벼운 발소리가 들렸다. 가벼운 소리나 또한 황급히 달려오는 소리였다.

왕은 빨리 일어나서 협실에서 정침으로 나왔다. 협실과 정침을 가로막는 장지문을 겨우 닫을 때쯤 공주부에서 달려온 궁녀

가 침전 밖에 시직하는 내시에게 무엇을 소곤소곤 전하는 소리
가 들렸다.

왕이 자리에 자리를 잡을 때에,

"환관 최만생崔萬生 아뢰옵니다."

하는 내시의 말이 들렸다.

"음. 무에냐?"

"잠깐 내전까지 입어[4]합시사는 후전后殿마마의 전탁이 계시오
니다."

"음. 가마."

황황히 일어나서 내시의 부액[5]도 받을 겨를이 없이 공주부로
발을 옮길 동안 왕의 가슴은 놀랍게도 방망이질하였다.

2

공주부에 입시해 있는 전의典醫[6]의 표정을 보고 왕은 벌써
사태가 그른 것을 직각하였다.

진맥을 하기 위하여 뚫은 병풍의 구멍 틈으로 은어와 같은
공주의 손의 맥을 짚고 있던 전의는 왕의 임어[7]에 허리를 굽히
기는 굽혔지만 얼굴로써는 절망의 뜻을 나타내었다.

병풍을 돌아서 공주에게로 내려가매, 머리맡에는 왕의 어머

님 명덕태후가 앉아 있고 발치에는 혜비 이씨가 앉아 있으며 그 뒤로는 몇몇 지밀궁녀[8]들이 지켜 있다가 왕의 임어에 조금씩 자리를 움직이기는 하였지만 말 한 마디도 없이 공주의 누워 있는 얼굴로 눈들을 향하고 있다.

왕은 공주의 침두에 가서 고요히 앉았다.

몽고인 특유의 기다란 살 눈썹이 반달 모양으로 굳게 닫혀 있고 좀 짧은 듯한 윗입술이 방싯이 열려서 기운 없는 호흡이 그 틈으로 드나드는 것을 알 수가 있었다.

비교적 넓고 균형 잘 된 백옥 같은 이마에는 머리칼이 두어 올 걸리어 있었으며 그 새 십 개월간의 태중과 이번 난산 때문에 여위고 여윈 뺨에는 따로 만들어 붙인 듯이 광대뼈가 솟아 보였다.

왕은 손을 들어서 고요히 공주의 이마에 얹었다. 선뜻한 왕의 손이 이마에 얹히매 공주는 눈을 번쩍 떴다. 번쩍 뜨인 눈은 잠시 허공에서 방황하였다. 허공에서 휘 번득이던 눈이 왕에게로 돌아와서 잠시 머물 동안 겁에 뜨인 듯하던 눈은 차차 사람다운 표정을 갖기 시작하였다. 왕을 알아본 것이다.

"상감마마."

비로소 입에서 나온 말.

왕은 곁에 놓인 붓으로 공주의 마른 입술을 축이어 주려고 손을 움직이려할 때에 공주의 손이 벼락같이 왕의 손을 와서 잡았다. 단지 사람다운 표정이 나타난 데 지나지 못하던 공주의 눈이 순간에 변하여 타는 듯한 정열이 나타났다.

"상감마마. 상감마마."

"공주 좀."

"상감마마. 신을 안아 주세요."

움직일 기운이 없는 몸을 억지로 움직이려는 그 고민. 왕은 양 팔을 공주의 허리 아래로 넣어서 공주의 몸을 안았다.

상반신을 왕의 무릎에 올려놓은 공주는 최후의 정열 때문에 창백하던 얼굴이 붉게 변하고 그 눈에는 광채가 났다.

"상감마마. 좀 더 힘 있게 안아 주세요. 힘껏 신의 허리가 끊어지도록."

왕의 팔이 힘이 차차 더하여 감을 따라서, 머리를 좀 더 들어 보려는 공주의 최후의 노력.

"상감마마. 신은 기쁘옵니다. 더 힘껏, 신은…… 신은…… 다만 마마께 사후없으신 것이 죄송……."

숨이 찬 듯이 말을 끊었다. 온 정열을 모아서 왕을 우러러보던 공주의 눈 힘도 어느덧 풀렸다. 걸그렁 걸그렁 힘없는 숨소리.

그 숨이 문득 끊겼다. 왕의 마음이 철썩 내려앉는 순간, 아직껏 좀 가볍던 공주의 몸이 천근같이 무거워졌다.

"공주! 공주!"

예기는 하였지만 이 의외의 사변에 왕은 공주의 몸을 안은 채 어쩔 줄을 모르고 공주만 연하여 찾았다.

　이 동안 국모 대장공주의 승하를 조상하는 애곡성이 태후며 혜비 이씨들에게서 터져 나왔다.

3

　이튿날 국상은 정식으로 반포되었다.

　공민왕 십사 년 이월, 아직도 매운바람이 몸을 에이는 겨울이 었다.

4

　긴 듯하고도 짧은 생애. 짧은 듯하고도 긴 생애.

　왕이 아직 한낱 고려 종실로서 백안첩목아伯顔帖木兒라는 몽고의 이름으로 원元나라 서울에 잠저潛邸[9]해 있을 때에 원나라 황제의 어명으로 원나라 종실 위왕魏王의 딸을 아내로 맞았다.

　즉 이번에 승하한 대장공주였다. 후에 본국 고려로 돌아와서 충정왕忠定王의 뒤를 이어 고려 국왕이 된 이래 십사 년 간을 변함없이 사랑하던 왕비였다.

즉위 이래 십사 년 간 어지러운 고려의 정파政波에 올라앉아서 파란 많은 생애를 보낼 동안 사랑하는 공주의 내조만 없었더라면 왕은 이 왕위를 내어던지고 공주와 함께 어느 조용한 곳에 사랑의 보금자리를 찾으러 떠났을 것이다.

동과 서, 남쪽의 해변으로는 왜적의 난이 끊이지 않는 일면에 또한 북쪽으로는 홍건적紅巾賊의 난이 있어서 그 편도 한 때도 평안한 날이 없이, 어떤 때는 왕이 멀리 상주까지 몽진10)을 한 일까지 있었다.

이렇듯 동, 남, 서, 북으로 외구의 환이 끊일 날이 없으면서 또한 안으로는 내란이 끊이지를 않았다.

즉위 원년에 최유, 김원지의 무리가 원나라의 힘을 빌어서 본국인 고려를 침범하려던 일을 비롯하여, 조일신, 김용 등의 난이라, 무엇이라, 한때도 베개를 편안히 하고 잠잘 날이 없었다.

신임하는 신하와 대할 때에도, 저 사람의 마음의 배포가 어떤가를 속으로 경계하지 않을 수가 없는 왕의 입장이었다. 신임하는 신하가 연하여 당신을 배반할 때에 왕의 눈에는 이 세상에 한 사람도 믿을 사람이 없이만 보였다.

이렇듯 얽히고설킨 어지러운 국정에, 또한 재상가끼리 세력 다툼이며 사병私兵을 양성하는 장상끼리의 싸움이 끊이는 날이 없었다. 어지러운 정국이었다.

이런 어지러운 정국 안에서 왕후 노국공주의 따뜻한 사랑만 없었더라면 왕은 일 년을 왕위에 배겨 나지 못하였을 것이다.

5

　이러한 어지러운 정국에서, 과거 십사 년 간의 치적을 돌아보
건대 과연 용하였다.

　먼저 원나라의 세력이 이 왕의 손으로 얼마만치 꺾이었다. 이
전에는 무슨 소소한 일을 행할지라도 반드시 먼저 원나라에 품
하여 허가를 얻고야 하던 것을 이 왕의 대에서는 선참후주의
방침으로 나아갔다. 먼저 행하고 후에 아뢰었다. 아직껏은 각
재상 분권이던 정치를 중앙집권을 꾀하여 재상끼리의 세력다툼
을 얼마만치 완화시키고 모든 권세를 국왕인 당신이 잡았다.

　그 밖에도 집안 문벌이나 학벌만 자랑하고 아무 실 능력이
없는 재상들은 차차 경원해 버리고 실 능력을 가진 장상을 좌
우에 모아들였다.

　풍속에 있어서도 원나라 풍속과 고려의 풍속을 다 잘 알고
있느니만치 세밀한 주의로써 개량을 하였다.

　각 뫼에 솔을 심어서 사태에 방비하고, 재상들의 매사냥을
금하여 공연한 살육을 막고, 아울러 이 때문에 밟히는 전토를
보호하고, 돈을 만들어서 일용에 편케 하고, 수차를 만들어 농

사에 편리케 하고, 흔히 민간에 미행하여 백성의 고초를 살피고, 세세한 일까지 모두 살피고 살펴서 국운을 융성케 하여, 피폐하였던 고려의 국정이 바야흐로 이 왕의 대에서 중흥이 되나 보다 누구든 믿었다.

이 왕의 위업의 뒤에 숨은 공주의 내조의 힘이 얼마나 컸던고. 첩첩이 쌓인 어지러운 문제에 골머리 쏘아서, 에라 왕이고 뭐고 내어던지고 말까 할 때마다, 공주의 부드러운 손은 왕의 어깨에 얹히었다.

"상감마마, 마마께서 내던지시면 고려의 백성은 누구를 믿고 살리까?"

격려하는 공주의 말은 피곤한 왕으로 하여금 다시 용기를 나게 하곤 하였다.

6

빈전殯殿[11]. 재궁梓宮[12]을 지키는 왕.

수없이 피운 향의 연기가 자욱한 가운데 왕은 고요히 앉아 있었다.

"상감마마. 수라를 어쩌리까?"

환관 신소봉申小鳳이 이렇게 아뢸 때도, 왕은 아무 대답도 없이 눈을 감고 있었다.

공주 승하한 지 벌써 초칠일이 지난 이때까지 왕은 아직도 수라를 받아 보지 않았다. 몇 번 냉수를 찾고 몇 번 태후의 강권에 못 이기어 술 몇 잔과 돈육 몇 점을 넣어 본 뿐, 수라만은 대하지를 않았다.

여전히 끼니때라고 환관은 예에 의지해서 수라를 채근하지만, 왕은 또한 여전히 예에 의지해서 대답도 없이 앉아 있을 뿐이었다.

"상감마마. 수라를 어쩌리까?"

신소봉은 한 번 더 채근하여 보았다. 그런 뒤에 잠시 기다려 보고는 인젠 자기의 직책은 다하였다는 듯이 왕과 재궁께 절하고 고요히 물러갔다.

"대사."

신소봉이 밖으로 나간 뒤에, 비로소 왕은 눈을 조금 떴다. 그리고 편조를 찾았다. 가뜩이나 어두운 빈전에 향 연기까지 자욱하여 똑똑히 보이지는 않으나, 중 편조가 재궁 앞에 합장 명목하고 염불을 외고 있었다.

"대사."

"불러 계시오니까?"

"다시, 공주는 안 돌아올까?"

"생자필멸이올시다."

말이 끊어졌다.

또 다시 왕은 눈을 감고 편조는 염불을 외웠다.

잠시는 정숙 가운데서 시간이 흘렀다. 잠시 뒤에 이번은 편조가 염불을 중지하고 왕의 편으로 돌아앉았다.

"생자필멸, 회자정리, 이것이 사람의 세상이올시다. 여기 이르러서는 왕후장상이라도 필부와 다를 것이 없습니다. 돌아가신 분은 이미 돌아가셨거니와 전하께서는 전하를 아버지로 알고 있는 천만의 생령을 위해서라도 좀 더 보중하시지 않으면 안 될까 하옵니다."

마디마디마다 똑똑히 끊어서 아뢰는 편조의 말. 그러나 왕은 여전히 응치 않았다.

"전하. 다른 점은 그만두고라도 공주전 재세 시에 공주전께서 그렇듯 사랑하시던 이 창생을 위하여서라도 옥체를 보중하셔야 하지 않겠습니까? 전하께서 애통하시는 마음은 어리석은 빈도도 짐작 못하는 바가 아니옵니다마는, 이 창생을 위해서보다도, 전하를 위해서보다도, 전하께서 이 창생을 버리시면 승하하신 공주전의 영이 가장 슬퍼하실 점을 생각하셔서라도 좀 더 보중하시지 않으면 안 될까 하옵니다."

무슨 말을 할지라도 여전히 눈을 감고 부처같이 가만히 앉아 있는 왕.

좌우 눈에서는 눈물만 연하여 흘러서 침침한 촛불에 눈물이

번쩍거리고 있다.

편조는 딱하였다. 어떻게 하면 이 왕으로 하여금 조금이라도 마음을 돌려서 수라를 진어케 하나. 공주 승하한 뒤에는, 마치 산송장으로 자처하는 이 왕을 어떻게 하면 잠시라도 인간다운 감성과 감각을 회복하도록 하게 하나.

본시부터 공주 한 사람만을 사랑하고 다른 여인을 눈 거들떠보지 않던 왕이라 공주 승하한 뒤부터는 여인이란 여인은 모두 악마로만 보는 모양이었다.

이번 공주 승하한 뒤로는, 왕은 모두 아리따운 후궁들까지도 악마같이 보았다. 공주 이미 없는 이 세상에, 다른 계집들은 어째서 존재하느냐, 저런 계집들은 왜 살아 있고 공주는 왜 없어졌느냐. 이러한 마음으로써 여인들을 빈전 가까이는 얼씬도 하지 못하게 하였다.

공주 승하하였는지라 당연한 순서로 인젠 왕후의 자리에 오르게 된 혜비 이씨가 빈전에 들어오다가 왕에게 쫓겨 난 이래로 이 빈전에는 여인이라고는 왕의 모후 되는 명덕태후 한 사람이 들어오는 뿐, 다른 여인은 얼씬하지를 못하였다.

지금에 있어서 가장 근심되는 것은 왕의 건강이었다.

벌써 팔구 일간을 수라를 진어치 않았으매 어떻게 하여서든 수라반을 대하게 하도록 하는 것이 제일 급무였다.

수라를 권키 위하여, 왕께 생자필멸의 이치를 강조하던 편조는 이 돌부처와 같은 왕을 우러러보며 잠시 가만있다가 한 걸음 무릎으로 나아가서 왕의 딱 맞은편에 앉았다.

"전하!"

"……."

"전하!"

편조는 왕의 양 손(무릎 위에 합장하고 있는)을 꽉 잡았다.

"전하! 전하!"

"대사."

왕은 비로소 입을 열었다. 그러나 이것은 폭발하려는 통곡의 그 서곡이었다. 대사, 한 마디 부른 뿐 왕은 체면을 내던지고 당신의 손을 뽑아서 얼굴을 덮고 울었다.

"대사. 반혼법返魂法[13]은 불가佛家던가? 도가道家던가?"

울음에 섞어서 하는 왕의 이 하소연에 기지 있는 편조는 매달렸다.

"전하. 빈도가 마침 그 말씀을 올리려 했습니다. 공주전 가셨다 할지라도 반혼술로 다시 전하를 뵐 날이 있을까 하옵니다. 보중하소서. 전하 보중하소서."

편조는 왕의 손을 다시 끌어 잡고 장삼 소매로써 왕의 눈물을 씻어 드렸다.

"만약 그런 술術이 있다 하면, 여기 공주의 혼을 다시 불러 주."

"아니올시다. 입토入土 키 전에는 혼은 공주전 속체에 그냥 계

서서 출현하실 수가 없사옵니다. 보중하소서. 보중하소서. 공주
전 입토 하신 뒤에는 빈도가 반드시 공주전의 혼으로 전하를
모시게 하오리다. 그때 돌아오신 공주전의 혼께서 전하의 너무
도 수척하신 용안을 대하면 얼마나 심통하오리까. 보중하소서.
수라를 부릅소서. 공주전을 위하서서옵니다."

그날 왕은 비로소 수라를 진어하였다.

적적한 수라. 이전에는 반드시 공주가 함께 앉아서 서로 권하
고 서로 받으며 하던 수라반을 혼자서 받을 때에 왕은 너무도
적적하여 편조에게 배석을 명하였다.

한 개 옥천사玉川寺 사비寺婢의 자식으로 그 아비가 누구인지
도 알 수 없는 중 편조는, 이리하여 왕의 총애와 신임을 차차
높이어 갔다.

7

이월에서 삼월 사월, 공주의 영해를 정릉正陵에 안장하기까지
왕은 빈전에서 난 적이 없었다.

왕은 인제 공주 입토한 뒤에 편조의 반혼법으로 공주를 다시 볼
수 있다는 단 한 가지의 희망으로 쓸쓸한 삶을 그냥 계속하였다.

이월에서 삼월 사월, 날이 차차 따스해 감을 따라서 공주의

재궁에서도 차차 내음새가 괴악하여 갔다. 밖에서 갑자기 빈전에 들어오는 사람은 한순간 숨이 딱 막힐 만치 내음새가 괴악하였다. 이 내음새를 감추기 위하여 눈이 쓰라리도록 향을 피웠지만, 인위적 향내가 그 내음새를 감출 수가 없었다.

아무리 이 방에 젖은 왕의 코도 이 내음새는 맡았다. 그러나 이 내음새조차 왕에게는 눈물을 자아내는 향내였다. 이것이 공주의 몸이 썩느라고 나는 냄새거니 하면, 이 내음새가 밖으로 나아가서 대공에 헤어지는 것이 아까웠다.

많은 물재를 들이어서 삼화서 가져온 오석烏石으로 명공이 깎은 석판에서도 틈으로는 붉은 물이 바닥에 새어 내렸다.

다른 사람이면 이 빈전에 들어오기조차 싫어할 것이나, 왕은 빈전에서 한 번도 밖에 나가 보지를 않았다.

찬바람이 살을 에이고 산야에는 아직 두꺼운 눈이 쌓여 있는 이월에 승하하여, 백화가 난만한 오월에 안장을 할 동안 - 눈이 녹고 땅의 얼음이 풀리고 흙이 트고 풀이 나고 자라고 나무에 잎에 나고 꽃이 피고 남국 갔던 새들이 모두 돌아오고 할 동안 - 왕은 세월이 가는 것을 모르고 살았다.

어두침침한 빈전. 촛불과 향 연기와 향내와 악취가 뒤섞인 가운데서 꿈과 같이 생시와 같이 만 삼 개월 남아를 보냈다.

그것은 다만 뒤숭숭하고 순서 없고 갈피를 차릴 수가 없는 날이 가고 오고 하는 것뿐이었다. 그 가운데는 아무 합리된 일도 없고 명료한 일도 없고, 엄벙덤벙[14)]의 꿈과 같은 세월이었다.

때때로는 재상들이 와서 무엇이 어떻다 하고는 돌아가고, 태후도 간간 와서 이렇다 저렇다 하다가는 가고, 이해할 수 없는 일이 섞바뀌고 혼돈되어 돌아갈 뿐 왕은 모두 알지도 못하였거니와 알려 하지도 않았다.

공주는 인젠 돌아올 길이 없는 사람이라는 이 일념뿐이, 지금의 왕을 지배하는 단 한 가지의 생각이었다. 그 밖엣 것은 왕의 감정과는 아무런 관련도 없었다.

이리하여 하 오월 공주를 정릉에 안장한 뒤에는 왕은 전혀 다른 사람으로 변하였다. 그 건장하고 원만하던 체격이며 얼굴이 알아보기 힘들도록 여위고 약하여진 것은 두말도 할 것이 없거니와, 성격과 감정에 있어서도 본시의 왕과는 딴 사람이 되었다.

그 세밀한 관찰력과, 치밀하고도 밝던 정치 안이며, 인자하고 관대하던 성질이 모두 어디로 갔는지 없어지고, 멍하니, 얼혼 빠진 사람같이 되어버렸다. 무한한 창공을 멍하니 바라보며 한나절을 움직이지 않고 그냥 앉아 있기가 일쑤며, 신하들이 무슨 말을 할지라도 듣는 둥 마는 둥, 몇 번을 찾아도 대답도 않고 대답이 있댔자 헛 대답이 많았다.

말하자면 인간으로서의 온갖 감정이며 감동 등을 잃은, 한 개의 움직이는 허수아비였다.

8

공주를 정릉에 안장을 한 지 십여 일 지난 어떤 날 밤이었다.

"이리 오너라."

"이리 오너라."

왕의 부르는 소리가 들리므로 침전 밖에 입직해 있던 환관 최만생이 침전 툇마루로 돌아가려 할 때에 왕이 침전에서 나왔다. 보매 뜻밖에(미복이나마) 두면頭面까지 쓰고 어디 밖으로 거둥하려는 것이 분명하였다.

만생과 동료 환관 한 명이 달려와서 부액을 하려 하매, 왕은 손짓으로 그만두란 뜻과 조용하라는 뜻을 나타내었다.

만생이 작은 소리로 물었다.

"어디 거둥을 하시옵니까?"

"음. 편조의 집까지."

작은 소리로 왕은 대답하였다. 그리고 더욱 작은 소리로,

"미행이다. 너희만 따라라."

하고 보태었다.

이리하여 왕은 환관 두 명만 데리고 걸어서 몰래 대궐을 빠져 나왔다.

대궐 담을 넘어 행길까지 벋어 우거져 있는 꽃을 우러러보며 말없이 걷는 왕의 뒤를 환관 두 사람은 영문도 모르고 만일을

경계하며 따랐다.

현월弦月[15]은 벌써 서산에 걸리고, 상쾌한 바람이 옷깃을 날리는 여름저녁이었다. 아직 초저녁이라, 행길에는 오고가는 사람도 꽤 많았다. 이러한 가운데를 왕은 왕으로서 따로 근심을 갖고, 환관들은 직무상의 근심을 갖고 묵묵히, 행인의 눈을 피하며 갔다.

9

"반혼법을."

왕이 편조를 밤에 찾은 것은, 편조의 반혼술로 그리운 공주의 면영이나마 다시 한 번 보고자 함이었다.

호반胡盤에 주안을 배포하고 왕과 편조는 마주 앉아 있었다.

"전하, 아직 시간이 이르옵니다. 대개 혼백은 자정이 지나지 않으면 출유치 않으옵니다."

왕께 공손히 술을 부어 드리며 편조는 이렇게 말하였다. 좀 하면 도로 펴려는 얼굴을 정신 차려 근엄히 꾸미며 편조는 연하여 왕께 술을 권하였다. 왕은 편조가 드리는 술을 받아서는 들이켜고 받아서는 들이켜고 하였다. 한 번도 사양하거나 주저함이 없었다.

편조는, 이 드리는 대로 술을 받아 들이켜는 왕을 보면서 속으로 탄식하였다. 일국의 국왕. 그가 한 번 호령하면 천백의 미희美姫[16]라도, 당장에 구할 수 있겠거늘 잃은 공주에게 대한 지극한 사모의 염이 이 금지옥엽으로 하여금 보행으로 천승賤僧의 집까지 오게 하였구나.

"전하."

상에 벌인 많은 음식 중에, 공주에게 소素[17]하는 뜻으로 채소만을 안주로 하는 이 정열의 중년 남자. 여위고 여윈 얼굴은 어느덧 술 때문에 검붉게 되고, 툭 두드러진 광대뼈 위에 번득이는 두 눈은 눈물 때문인지 취기 때문인지 충혈이 되었다.

떨리는 그의 손. 술 때문에 중심을 잡기 힘들어 연하여 팔꿈치로 호반을 짚어 쓰러지기를 면하는 쇠약한 몸. 이 가련한 왕의 심경을 생각할 때는 편조의 눈에도 눈물이 고이려 하였다.

"전하. 오늘 반혼술로 공주전의 혼백을 어전에 부르기는 하겠습니다마는……"

말을 끊고 잠시 생각한 뒤에 편조는 그 말끝을 맺었다.

"전하께서는 공주전의 혼백을 한 번 보시면, 다시 이전과 같으신 인군仁君이 되시겠사오니까?"

왕은 눈을 들었다. 바야흐로 들이켜려던 잔을 중도에 멈추었다.

"적적하구료 적적해. 오늘 보면, 내일 또 보고 싶고, 내일 보면 모레 또 보고 싶고……"

"아니옵니다. 혼백은 자유롭지 못한 것. 한 달에 한 번쯤이나 현신케 하올까 매일은 힘들 것 같사옵니다."

"한 달에 한 번. 한 달, 삼십 일, 서른 날."

혼잣말같이 이렇게 외던 왕은 아직 들고 있던 잔을 딱 하니 상에 놓았다.

"대사. 한 달에 한 번씩이라도 제발……."

"그 대신 빈도의 아뢴 말씀을 잊지 말아 주시옵소서. 이전과 같은 인군이 되소서. 전하 한 분을 우러러보는 창생을 살피소서."

다시 왕의 눈에서 눈물이 흘렀다.

밤은 차차 깊어 갔다.

자정.

반혼법을 베풀어서 대장공주의 혼백을 왕의 앞에 다시 불러낸다는 시각이었다. 이때는 왕은 편조의 권하는 술 때문에 꽤 취한 때였다.

취하기는 꽤 취하였지만, 일단 정신을 박은 일이라 연하여 자정이 아직 안 되었느냐고 채근을 게을리 하지 않았다.

이리하여 자정. 편조는 일어나서 왕을 부액하였다. 연하여 쓰러지려는 왕을 단단히 부액을 하고 반혼실로 천천히 걷는 동안 편조는 왕의 귀에 입을 갖다 대고 한 마디씩 한 마디씩 똑똑한 말로 이렇게 말하였다.

"혼백은 형태는 있으나 소리는 없습니다. 첫째로 말씀을 거시

지 말 것이며, 혼백은 자유롭지 못한 것이오니 밝기 전에 놓아
돌려보내서서, 후일의 기약에 편리토록 하시옵소서."

반혼실은 복도를 통하여 뒤에 따로이 달린 이 집 후당이었다.

편조가 앞서서 문을 열어 잡고 왕을 인도하여 반혼실 안으로
들어갔다. 방 머리맡에는 금불 한 채가 안치되어 있고 아랫간
은 오색이 찬란한 비단으로 담 벽을 삼고 그 앞에는 향로에 향
불이 피어 있으며, 머리맡 불전에 놓인 방석은 편조의 자린 듯
하고, 윗간 담 벽에 기대어 금병풍이 둘리고 그 앞에 용을 수놓
은 방석이 왕의 앉을 자리인 모양이었다.

편조는 먼저 왕을 인도하여 불전에 서서 함께 합장 예배하였
다. 그리고는 왕을 왕의 자리로 가게하고, 자기는 반혼 향가루
한 줌을 내어다가 향로에 뿌린 뒤에, 불전에 가서 명목하고 꿇
어앉았다.

불전에 명멸하는 촛불 두 대와 향로 좌우편에 켜 있는 두 개
의 촛불을 광원으로 한 이 방은 비교적 밝았다.

경건한 마음으로 용석에 앉아 기다리는 왕.

엄숙한 태도로 불전에 축문을 외는 편조.

향로에서는 편조의 뿌린 향 가루 때문에 자욱이 연기가 피
어오른다. 엄숙하고 정숙한 시간이 흐르고 또 흐르고, 왕은 이
너무도 경건한 찰나에, 어느덧 몹시 취하였던 술조차 얼마간 깨
었다.

편조의 축문은 차차 차차 템포가 빨라 갔다. 방 안의 향기는 더욱 자욱하였다. 향로에서는 마치 산화山火와 같이 연기가 피어 올랐다. 이윽고 향 가루도 거진 탔는지 연기가 점점 엷어 갔다.

그때에 그 엷어 가는 연기의 틈으로 왕은 보았다.

틀림이 없는 대장공주였다. 너무도 엄숙한 기분이기 때문에 취기도 거진 깬 왕의 눈이 그릇 보았을 까닭이 없었다.

연기가 차차 엷어 가는 뒤로, 오색 비단을 바른 담벼락을 등지고 단아하게 서 있는 한 개의 이국부인異國婦人.

희고도 좀 넓은 이마며, 좀 짧은 듯한 윗입술이며, 길고 꼬리가 위로 향한 듯한 눈으로 시꺼먼 살 눈썹으로, 아로새긴 듯한 코로, 또는 그 몸태도, 옷(원나라 황실 복장이었다) 어느 곳이든 일호의 틀림이 없는 공주의 현신이었다. 이 너무도 기이한 일에 한순간 눈이 아마득하여졌다가 다시 왕이 시력을 회복할 때에, 아랫간 공주는 얼굴에 미소를 나타내었다.

인젠 연기도 사라진 때라, 방긋이 웃느라고 열린 입 틈에서, 왕은 공주의 이빨까지 보았다. 좌우편 송곳니가 덧니이기 때문에 웃을 때는 더욱 고혹적으로 보이던 공주의 그 덧니까지 틀림이 없었다.

단지 승하 직전의 공주와 조금 다른 점은 공주가 제아무리 늙지 않는 북극 태생으로서 승하할 때까지 청춘미를 그냥 보전하고 있었다 하나 그래도 나이가 서른이 넘은 완숙한 맛은 그 얼굴에서든 몸 태도에서든 감출 수가 없었다. 그랬는데 지금 왕의 앞에 나타난 이 공주는 왕이 일찍이 백안첩목아로서 원경에 있어서 처음 공주를 알고 처음 공주와 사랑을 속삭일 그때의 공주였다.

"아! 공주!"

그것은 애무와 반가움의 소리라기보다, 오히려 맹호의 신음성과 같았다. 이런 신음성을 내며 왕이 공주에게로 달려 내려가며 할 때에, 왕의 옷깃을 붙든 사람이 있었다.

펄떡 보니 편조였다.

편조의 만면에는 미소가 나타났다. 편조는 왕의 귀에 입을 대고 속삭였다.

"전하. 아까 아뢴 말씀을 잊지 마시도록. 그리고 저 문을 열면 협실이 있사옵고 그 방에는 금침 준비도 있사옵니다. 그럼 빈도는 밝는 날 다시 배알하겠사오니, 오래 막히셨던 정회를 푸시오소서……."

"공주!"

왕은 편조의 말은 듣는 듯 마는 듯, 편조가 방 밖으로 나가는 동안 두 팔을 벌리고 허둥지둥 공주에게로 내려갔다.

공주는 얼굴에 부끄럼과 미소를 띠고 역시 왕을 맞으러 한 걸음 두 걸음…….

10

왕을 반혼실에 남겨두고, 편조는 홀로 나왔다. 왕과 함께 있기 때문에 저린 팔 다리 허리를 몇 번의 기지개로써 풀면서 정침으로 향하였다. 왕을 모시느라고 얼굴에 지었던 근엄한 표정도 사라졌다.

'재미들 봅시오.'

후당을 돌아보며 한 번 씩 웃은 뒤에 걸음을 빨리하여 제 방으로 돌아왔다.

편조의 방에는 금침이 벌써 준비되어 있고, 편조의 베개에 엎드려 한 계집이 자고 있다.

편조는 내려갔다. 가만가만 내려가서 계집의 좌우 엉덩이의 틈을 발로 쿡 찔렀다. 거기 깜짝 놀라서 일어나는 계집을 붙안아 윗목으로 데구르 굴려버리고 덥석 제 자리에 누웠다.

굴러간 계집은 일어나 앉았다. 아직 졸음에 취한 눈으로 편조를 내려다보았다. 그 계집을 편조는 쳐다보면서, 눈을 부릅떠 보였다.

"요망스럽게 잠은 웬 잠이야!"

계집도 마주 흘겨보았다.

"중, 중, 까까중!"

"에끼! 여수[18] 같으니!"

편조는 계집을 꾸짖었다.

"내가 여수 같으면 대사는 뭐 같으오?"

"멧돼지 같지. 그래 속이 시원하니?"

마주 보는 계집의 흘기는 눈이 가늘어졌다. 서로 가느다란 눈으로 한참을 흘겼다.

"내가 멧돼지이면 임자는 암돼지 되련?"

"싫어."

"싫어? 잘 싫겠다."

"싫구나."

"싫으면 임자는 나가구 주씨朱氏나 보내게."

"것두 싫구나."

"이두 싫구 저두 싫구. 에라, 임자 오늘 밤은 암돼지 되게."

편조는 벌떡 일어났다.

/ /

한소리 계명성[19]으로 짧은 밤이 밝았다. 절에서 부처를 섬길 때부터 일찍 깨는 습관이 든 편조는 거의 밤이 다 가서 겨우 잠깐 잠이 들었지만 날이 밝자 자리에서 벌떡 일어났다. 일어난 편조는 편조가 일어나는 기슬에 벌써 툇마루에 준비되는 세숫

물에 밤새의 기름때를 활활 씻어 버리고, 건넌방으로 건너가서 등대[20]된 옷을 바꾸어 입고 후당으로 돌아가 보았다.

왕도 벌써 일어난 모양이었다. 공주의 혼백을 밝기 전에 돌려보내고는 이내 잠이 못 들어 일어난 모양이었다. 협실 밖에서 잠시 방 안의 기수를 살핀 뒤에, 편조는 헴 헴 두어 번 기침을 하였다. 얼굴에는 근엄한 표정을 붙이었다.

"헴! 헴!"

또 다시 기침을 해 보고 그냥 동정이 없으므로, 문을 방싯이 열고 보았다.

맞은편으로 보이는 왕은 누구에게 혼을 빼앗긴 사람 모양으로 눈이 퀭하니 이불 위에 까치 다리로 앉아서 한 군데만 주시하고 있다. 길에서 대포를 놓을지라도 모를 모양이다.

편조는 이 모양을 보고 문을 좀 더 넓게 열고 안으로 들어갔다. 왕의 앞에 나갈 때마다 우그러지는 어깨는 또 우그러졌다.

"빈도올시다."

궁중 예절을 모르는 편조는, 왕의 맞은편에 가서 정면으로 왕께 절하였다. 그러나 왕은 여전히 한 군데만 주시하고 있을 뿐 편조의 인사를 의식치 못하는 모양이었다.

절을 하여도 인식치 못하므로 편조는 한 번 큰 소리로 기침을 하였다.

왕이 비로소 알았다. 깜짝 놀라며 몸까지 소스라쳤다.

"이게!"

"빈도올시다."

왕은 잠시 멍하니 편조를 마주 보았다.

"오. 대사, 밝기 전에 갔구료."

"혼백은 광명한 곳을 싫어하옵니다. 전하. 초조반을 진어하셔
야죠."

"혼백은 형形은 있으나 체體는 없다는데, 공주의 혼백은 체까
지 있었구료."

체, 더욱이 십 수 년 전의 탄력 있는 처녀로서의 공주의 '체'를
지난 밤 다시 본 왕은 차마 잊지를 못하겠는 모양이었다.

"네. 전하의 지극하신 정성에 부처가 감동하셔서 특별히 체까
지 보낸 모양이옵니다."

"체까지…… 체까지…… 아직 방 안에 향내가 남고 몇 올 머
리털이 남고. 대사 오늘 밤 또 못 볼까?"

"전하. 얼른 초조반을 진어하시고 환궁하셔야지, 대궐에서 알
면 적지 않은 소동이 일어날까 하옵니다."

"대사. 나는 대궐에 안 돌아가겠소."

공주를 만나 본 이 방을 차마 못 떠나겠다는 뜻이었다. 편조
는 머리를 조았다.

"전하께서 환궁 안 하시면 빈도의 목이 그냥 남지 못하리이다."

왕은 의아한 듯이 편조를 굽어보았다.

"지금 세신, 대족, 권당, 유림, 사문이 끌끌한 가운데서, 전하
께서 한 개 천승의 집에 미행하셨다는 소문만 날지라도 빈도의
목은 달려 있지 못하오리라."

"그래도……."

"아니옵니다. 오늘은 환궁하소서. 내월 말에 다시 미행하시면
공주전의 혼백을 다시 어전에 현출케 하리이다. 공주전도 그 날
을 얼마나 기다리시리까? 오늘은 어서 초조반을 진어하시고 환
궁하소서."

문득 왕의 눈에서는 또 다시 눈물이 주르르 흘렀다. 그러나
초조반을 부르는 뜻으로 고즈넉이 눈을 감았다.

12

여름은 무르익었다.

교외에서 빛을 자랑하던 하록夏綠은, 어느덧 개경 안에까지
스며들어서 길가 담 틈 뜰 구석마다 푸른빛은 한창을 자랑하고
있다.

수녕궁壽寧宮[21] 향각香閣[22] 앞에 작약도 제 철이라고 만개하여
하늘을 나는 나비들을 부르고 있다.

"이전에는 공주와 함께 따던 이 꽃을……."

지금 혼자서 바라보는 왕의 심사는 형용하기 어렵도록 적적하였다. 향각 난간에 의지하여 한참을 꽃을 굽어보고 있다가, 왕은 탁식하며 자리에 돌아왔다. 자리에는 비단 한 폭, 붓 몇 자루, 단청, 물 등이 준비되어 있고 내시 몇

사람이 부채를 들고 묵묵히 분부를 기다리고 있다.

왕은 자리에 앉아서 붓을 잡고 눈을 감았다.

한 번 눈을 감은 뒤에는 뜰 줄을 모르는 왕은 여기서도 눈 뜰 것을 잊은 듯이 잠자코 있었다. 공주의 영影을 그려 보려고 이곳에 자리 잡은 왕이었다. 이전 원나라에 있을 때부터 서書며 화畵에 있어서 입신지기入神之技[23]라는 찬사를 받아 오던 왕은 몸소 공주의 진영을 그려서 이와 매일 대하고자 여름의 작약 내음새 우거진 이 향각에 자리를 잡은 것이었다.

그러나 공주의 모습을 생각하고자 일단 눈을 감자, 왕의 눈은 뜨이지 않았다. 해마다 공주와 함께 여름에는 작약을 따던 이 동산, 또는 지금으로부터 오 년 전의 한겨울을 공주와 함께 말 타기를 연습하던 연마장으로 쓴 일이 있는 이 동산에 자리를 잡자부터, 공주의 모습보다도 지난 십육 년간의 공주와의 부부생활이 주마등 같이 왕의 머리에 어른거려서 붓들 생각이 들지를 않았다.

일국의 군왕이나 또한 어지러운 정국의 통어자로서의 왕의 과거는 기구한 생애였다. 연년 다달이 끊임없이 일어나는 외환내우.

이 고달프고 어지러운 왕 생애를 보내는 동안, 물건의 그림자와 같이 왕의 곁에서 고초를 같이 겪어 드리고 간난을 나누어 맛보는 공주가 있었거늘.

왕의 재위 십사 년 간 그냥 계속적으로 있은 어지럽고도 괴로운 과거를 서로 믿고 서로 의지하면서 겨우 지탱해 왔거늘 인제는 이런 어지러운 일이 생기면 누구를 의지하고 누구를 믿고 누구와 어려움을 나누랴.

아직 낮이 되기 전에 향각에 자리 잡은 왕은 화견을 앞으로 한 채 해가 서산에 기울 때까지 그냥 망연히 있었다. 붓은 물에 적시어 보지도 않았다.

해가 서산에 넘고 들에 나갔던 새들이 제 깃을 찾을 때야, 왕은 비로소 눈을 떴다.

"마음이 산란해서 여기서는 안 됐다. 환궁하자."

여기서는 붓을 잡을 수가 없다는 뜻이었다.

13

일심을 다하여 왕이 공주의 진영을 완성한 것은 그로부터 며칠 뒤였다.

신기神技라는 일컬음을 듣던 왕의 필력이요, 일심을 다하여 가장 사랑하는 이를 그린 것이라 과연 혼이 든 듯한 진영이었다.

진영이 완성된 뒤부터는, 왕은 끼니때마다 진영의 앞에도 수라반을 갖다 바치게 하여 산 사람 대하듯 하였다. 그 애무와 대접에 있어서 공주 생존 시와 조금도 다름이 없이 하였다.

이렇게 공주에게 마음을 향하기 때문에, 왕은 온갖 세상사가 귀찮았다.

이렇다 저렇다 대신들이 문제를 가지고 들어오는 것이 귀찮고 시끄럽기만 하였다. 이 모든 세상 잡무에서 피하여 공주만 생각하며 그 여생을 보내고 싶었다.

이리하여 세상 잡무를 피하기 위하여, 왕은 중 편조를 사부師傅로 삼고 청한거사淸閑居士라는 호를 내리고 국정을 자순諮詢24)케 하였다.

과거 십사 년 간의 경험으로 보아서, 소위 세신거족世臣巨族들은 서로 틀고 서로 모이고 서로 짜고 - 이리하여 삐억삐억 좋지 못한 꾀만 꾀하고, 도당徒黨이 짜지고 모이면 자연히 세력이 생기고, 세력이 생기면 자연히 다른 세력과 다투고, 다툴 세력이 없으면 왕에게 대하여 불궤25)한 생각까지 품게 되고 - 고려 오백 년간을 쌓아 내려온 이 세력은 지금도 너무도 뿌리가 크게 뻗어서, 이들에게는 도저히 한 나라의 정사를 맡길 수가 없었다.

초야의 신진에서 유능한 인물을 추려 낼 수가 없는 바가 아니지만, 이들도 차차 올라가서 명망이 생기고 귀하게 되면, 어느덧 자기의 초라한 근본을 부끄러이 여겨서, 거족들과 혼인을 하고 그 틈으로 잠겨 버리니까, 이것도 또한 길흉만 있는 일이 아니었다.

유생은 또한 나약하여 굳센 맛이 없고, 그 위에 학벌의 뿌리로서 얼기설기 연락되어 강직한 정치를 하지를 못할 것이다.

과거 십사 년 간을 고려의 국왕으로 있으면서 지내 본 바로써 통절히 느낀 바가 있어서, 인제 고립하고 강직한 인물만 골라 오던 왕이라, 이번에 고려의 정치의 대행자를 선택함에 있어서 중 편조를 부른 것이었다.

득도得道한 불도不徒이매 욕심 적고, 천한 태생이매 얽히는 연줄이 없고, 홀몸이매 역모할 근심이 없는 이 편조야말로 오래 왕이 구해 오던 이상적 인물이었다.

이리하여 편조는 정치계에 발을 들여놓았다.

14

여름도 어느덧 가고, 성했던 모기들도 송악으로 그림자를 감춘 어떤 가을날이었다.

왕도 인제는 얼마만치는 안돈이 된 때였다. 만날 공주의 진영과 음식거처를 같이하며, 한 달에 한 번씩쯤은 반혼법으로 공주의 몸을 어루만질 수가 있는지라, 처음 한동안과 같이는 비통해 하지 않았다.

　공주 잃은 뒤에 눈물이 잦아진 왕이라, 지금도 공주의 말만 나오면 두 뺨으로 눈물이 수르르 흐르고 하였지만 여느 때는 담소도 예사로이 하도록 안돈되었다.

　그 어떤 날 왕은 편조와 함께 강안전[26]에서 한담을 하고 있었다.

　편조의 말.

　"빈도, 아니 소신은 본이 불도 출신이라 귀현貴顯[27]의 예의에 통치 못하옵니다. 이런 점은 관대히 용서해 주셔야 하겠사옵니다."

　사실 편조는 어전임에도 불구하고 허리를 펴고 까치 다리하고 앉아 있었다. 얼굴에 근엄한 표정을 장식하는 것과, 어깨를 좀 우그리는 것이 편조에게 있어서는 최대 유일의 존경법이었다.

　"전하의 관후하신 처분으로 사부라는 직책을 맡았사옵지만, 소신은……."

　"사부는 그것부터가 틀렸소이다. 소신이라지는 않는 법이오."

　왕도 웃었다. 편조도 웃었다.

　"네. 신, 신이 무엇을 알리까. 성의대로만 행하옵지만 소신 아니 신이 본시 미천하와 명문거족들을 어御[28]키 힘든 것이 걱정이옵니다."

"그게야 무슨 근심이 되리까? 사부의 뒤에는 국왕이 있으니, 국왕의 명에야 명문거족인들 거역하리까?"

"그야 그렇지만, 신이 전하께 추천하와 사환한 사람들도 일단 높은 지위에만 오르면 신을 무식한 천승으로 수모하오니 이것이 신에게는 억울합니다."

왕은 이 말을 듣고 얼굴에 검은 찌를 한순간에 보였다.

그럴듯한 말이었다. 천승賤僧, 명족, 천승, 명족.

왕이 이 점에 대하여 좀 생각하고 있을 동안, 편조는 두리번두리번 살펴보다가 갑자기,

"전하. 내밀히 아뢸 말씀이 있습니다."

하고 근시들을 물리기를 간청하였다.

왕이 근시들을 물린 뒤에 편조는 넓적하니 왕의 앞에 엎드렸다. 때때로는 이렇듯 연락 없는 일을 예사로이 하는 편조임을 잘 아는 왕도 무슨 영문인지 몰라서 묏더미 같은 편조의 등판을 멍하니 굽어보고 있을 때에 편조는 떨리는 목소리로 아뢰었다.

"전하. 소신 아니 신을 죽여 주십샤."

왕은 쿡 하니 웃었다. 어두운 데 주먹으로 넓적하니 엎드린 것도 우스웠고, 그 묏더미만 한 몸집에서 떨리는 소리가 나오는 것도 우스웠거니와, 떨리는 애원성으로 소신 아니 신이라고 정정하는 것이 더욱이 우스웠다. 왕은 고소苦笑[29] 가운데서 이렇게 물었다.

"사부는 대체 무슨 일이오?"

"죽여주십사."

"글쎄 무슨 일이오?"

"신이 전하를 기망[30]하왔습니다."

"그게 무슨 말이오?"

"신이 전하를 기망하왔습니다. 신자로서 군왕을 속인다는 것은 마땅히 죽을 죈 줄 모르는 바가 아니지만 기망하왔습니다."

"글쎄 무슨 일이오?"

너무도 수다스럽게 구는 바람에 왕도 눈을 크게 하고 이렇게 묻지 않을 수가 없었다.

"전하 오늘 밤 누옥까지 미행하시면, 신이 천람에 바칠 것이 있습니다. 죽여 줍샤."

"사주 죽이기는 저녁 뒤에 하기로 하고, 지금은 일어나서 이야기나 합시다."

"광은을 무엇으로 보답하리까?"

편조는 일어나 앉았다. 방금까지도 죽여 달라고 목소리를 떨던 그가 천연히 일어나서 어깨를 우그리고 얼굴에 근엄한 표정을 나타내고 마주 앉은 이 꼴을 왕은 망연히 바라보았다.

15

그날 밤 편조의 집, 공주 반혼전 협실에는 세 사람이 솥발 모양으로 둘러앉았다. 금병풍 앞 용석 위에 앉은 사람은 왕이었다.

그 곁에 머리를 숙이고 앉아 있는 젊은 여인은 대장공주였다. 그 맞은편에 엉거주춤히 꿇어앉아 있는 사람은 편조였다.

"전하. 반야般若라는 북국 여인이옵니다. 전하를 기망한 죄는 일백 번 죽어도 마땅하오니 처분하옵소서. 그러나 이는 신 스스로를 위함이 아니고, 위로는 전하를 위함이고 아래로는 전하를 잃으면 광명을 끊기는 고려의 창생을 위하여서옵니다. 공주전 승하 후에 몇 달간 빈전에 모신 때에, 전하의 심경을 살피옵고 신이 몰래 사람을 놓아서 전국에서 구해 온 여인 백여 명 중에서 골라 낸 사람이 이 반야옵니다. 공주전의 면영을 닮았다고 구해 온 백여 명 여인 중에서 가장 흡사한 자로 택한 여인이 이 반야옵니다. 전비田婢의 천생이 감히 용종龍種[31)에야 비기리까마는, 그래도 얼른 보기에는 외람되어도 공주전의 면영을 닮았삽기, 행여 전하의 부르심을 볼까 하고 신의 꾸미었던 한막의 연극이로소이다. 군왕을 기망한 죄 일백 번 일천 번 도륙을 당하와도 한이 없소이다. 죽여주십샤."

왕은 대답이 없었다. 눈을 꼭 감은 채 묵묵히 있었다. 방심한 듯, 그 밖에 다른 표정은 없었다.

아직껏 공주의 혼으로 알고 애무하던 것이 사실인즉 한 개 실물 여인에 지나지 못하였으니, 거기 대한 낙망 때문에 이렇듯 방심 상태가 되었나?

반혼술이라 무엇이라 해서 군왕을 이렇듯 농락한 편조의 행동을 괘씸히 보기 때문에 그 노염으로 이렇듯 묵묵히 있나?

이런 무리들에게 속아서 줄줄 따라다니던 당신의 행동을 스스로 부끄러이 여기기 때문에 대답이 없나?

혹은 대장공주 아닌 이 반야라는 여인에게 애정이 품어지므로 그것을 꺼리어서 가만히 있나?

왕은 묵묵히 있을 뿐이었다.

"반야도 또한 전하를 모신 지 수삭에, 외람되이도 전하를 사모하는 마음이 생겼는지, 인젠 공주전의 혼백으로가 아니요 반야 자신으로 모셔 보고 싶어 하는 듯한 양을 보면 그 하늘 무서운 줄 모르는 심사가 가증도 하거니와 한편으로는 가련 하옵니다. 성의聖意는 어떠하신지."

잠깐 말을 끊고 왕과 반야를 본 뒤에 편조는 또 말을 계속하였다.

"또 한 가지, 반야는 전하를 처음 모신 뒤부터 태기가 있는 모양이옵니다.(왕은 이 말에는 몸을 흠칫하였다) 벌써 오륙 삭 - 밭은 천비의 천종이나마 씨는 용종. 이 뒤라도 혜비전 마마께서 왕자를 탄생하시면 다른 일이 없겠거니와, 그렇지 못하면, 이 아이가 유일의 전하의 혈사가 아니오니까? 지금 나라의 정국이 어지러운 때에 하루바삐 혈사 없으시면 고려의 사직이 위태롭사옵니다. 신의 죄는 일백 번 죽어도 마땅하기 전에 죽음을 빌거니와, 전하의 후를 생각하셔서 반야에게는 관대하신 처분이 계시기를 바라옵니다."

왕의 앞이라고 억지로 지으려던 근엄한 표정은 어느덧 자연적 위엄까지 띠었다. 눈에는 눈물 흔적까지 보였다. 왕은 그냥 침묵을 지켰다. 고요한 방에 세 사람은 머리를 숙이고 잠자코 있었다.

한참 뒤에 왕이 일어섰다.

"전하 어디로?"

편조가 펄떡 놀라서 뒤따라 일어섰으나, 왕은 따라오지 말라는 뜻으로 손을 두어 번 설레설레 젓고는 머리를 푹 수그린 채 방 밖으로 나갔다.

왕의 눈에서는 눈물이 비 오듯 하였다.

편조도 뒤따라 일어서기는 하였으나, 따라오지 말라는 바람에 따르지도 못하고 머리를 숙이고 서 있었다. 반야는 왕이 임어할 때부터 지금껏 머리를 가슴에 묻고 깎아 놓은 듯이 앉아 있었다.

좀 뒤에 편조가 나가 알아보니, 왕은 아까 벌써 환궁하셨다 한다.

16

그로부터 두 달, 편조는 대죄하는 뜻으로 집에 박혀 있어서 입궐치 않았다.

반야도 자기의 거실인 별당에서 근신하고 있었다.

그러나 왕에게서는 아무 말도 없었다. 죄를 준다는 뜻도 입궐하라는 분부도 없었다. 편조도 이번 일은 왕과 반야와 자기 세 사람만이 아는 사건이라, 어떻다 말을 낼 수도 없고 단지 침묵 중에서 왕명만 기다리고 있었다.

그랬는데 뜻밖에도 섣달에 들면서 왕은 편조를, 수정리순논도섭리보세공신 벽상삼한삼중대광영도첨의사사사판중방감찰사사취성부원군제조승록사사 겸 판서운관사守正履順論道燮理保世功臣壁上三韓三重大匡領都僉議使司事判重 房監察司事鷲城府院君提調僧錄司事兼判書雲觀事를 봉하고 겸하여 환속還俗하기를 명하고 속명까지 신돈辛旽이라고 내렸다.

편조, 변하여 신돈은 너무도 황송하고 놀라운 성은에 울었다.

"첨의(신돈의 벼슬 이름). 나를 위해서 국정을 도와주시오. 그 새 안 부른 것은 첨의를 밉게 봄이 아니라, 내 좀 생각하는 일이 있어서 그리하였소."

왕이 신돈을 대궐에 불러서 이렇게 말할 때에, 신돈은 엉엉 어린애같이 울었다.

"전하. 무에라 말씀올리리까. 다만 전하께서 간사한 무리의 참소에만 귀를 기울이시지 않으면 신은 미련하오나 신의 힘이 믿는 껏 신의 생각이 자라는 껏은, 전하와 고려 생령의 복리를 위해서 이 노구를 아끼지 않으리다."

이리하여 왕은 친필로써,

'師救我 我救師 生死以之 無惑人言 佛天證明'

(사구아 아구사 생사이지 무혹인언 불천증명)

이라는 맹서문을 써서 신돈을 주고 신돈은 고려의 섭정의 지위에 서게 되었다.

17

반야는 잊어버린 존재같이 되었다. 왕도 반야에 관한 일을 다시 신돈에게 묻지 않았다. 신돈도 이 열적은 말을 다시 왕의 앞에 꺼내지 않았다.

태중이기 때문도 되겠지만, 나날이 안색이 창백하여 가는 반야를 신돈은 간간 별당까지 가서 위로하였다.

성욕이 강하기 때문에, 젊은 여인에게 가까이 가기만 하여도 어지러운 생각을 금하기 어려운 신돈은 반야의 방에 가면 반야의 이부자리 쪽으로 눈이 갈 기회를 피하고 반야의 아랫몸에 눈 줄 기회를 피하고 할 수 있는 대로 엄숙한 기분과 경건한 태도로 반야를 대하고 하였다.

자기의 방에서는 젊은 계집들과 음란한 장난을 기탄없이 하는 신돈이로되, 반야에게 들어가 볼 때에는 언제든 어깨를 우그리고 근엄한 얼굴을 하였다.

그리고 내실과 별당과의 새를 엄중히 경계하게 하여, 내실 여인들이 별당에 가는 것을 엄금하고 하인들도 반야의 하인을 따로 두어서, 반야의 하인이 내실 출입을 금하고, 내실 하인들의 별당 출입을 금하였다.

"장래를 기다리오. 상감마마의 부르시는 날을 기다리오. 태중의 아기가 나오시는 날은 상감께서 부르시겠지."

어깨를 우그리고 외면을 하고 반야에게 이렇게 말하는 신돈의 태도는, 마치 재상가 소저에게 시중드는 늙은 충복 같았다. 이 신돈의 보호 아래서 복중의 왕자는 차차 세상에 고함칠 날을 고요히 준비하고 있었다.

그 해도 어느덧 과거장에 말리어 들어가고, 새해가 이르렀다. 왕의 재위 십오 년이요, 원나라 지정至正 이십육 년이었다.

그 해 이월 신돈의 집 별당에서는 한 개 새로운 생명이 첫 울음소리를 쳤다.

사내였다. 대장공주에게 혈사가 없고, 다른 여인은 가까이 하지 않은 이 왕에게는, 유일한 왕자였다.

그러나 이 아기의 아버님 되는 왕은, 아기 탄생을 알지도 못

하였다. 신돈은 장차 좋은 기회를 기다리기 위해서 아직 가만
내버려 두었다.

아기는 탄생 후 며칠을 지나지 못하여 연령 두 살이라 부르
게 되었다. 입춘 전에 탄생하였는지라 입춘이 지나서는 두 살로
세었다. 그러나 두 살로 세게 되기까지, 아직 아버지의 축복을
못 받은 가련한 아기였다. 아버지의 축복을 못 받았는지라, 이
름도 아직 못 지었다.

내실 사람들은 토거리 없이 '아기'라 칭하였다. 누구의 아긴지
아는 사람이 없었다.

별당 하인들은 '아기마마'라 불렀다. 신돈이 이렇게 시킨 것이
다. 그러나 왜 '마마'라고 부르는지는 신돈과 반야밖에는 아는
사람이 없었다.

18

공주를 정릉에 안장한 지도 일 년이 지났다.

공주의 일주기까지는 감히 이런 말을 어전에 꺼내지 못하였
지만 일주기가 지나면서부터는 대신들은 왕께 왕비 간택하기를
졸랐다. 그리고 안극인安克仁의 따님을 후보자로 들였다. 왕에게
원자가 없는지라, 어서 원자를 보아야겠다는 것이었다.

왕은 마음에 없는 일이었다. 현재 있는 혜비 이씨며 그 밖의 궁녀들도 돌보지 않거늘, 어찌 또 무슨 여인을 맞아들이랴. 그러나 너무도 귀찮게 굴므로 어떤 날 이 문제를 신돈에게 의논하였다.

"납비합시다."

신돈의 의견은 간단하였다.

"그러니 지금 혜비도 혼자 공방을 지키는데, 또 한 과부를 만들면 무얼하오?"

적적한 듯이 왕이 이렇게 말하매 신돈은,

"그렇지만 전하께서 거절하시면 연달아 상계가 들어올 테니, 귀찮지 않사옵니까?"

하여 무사주의를 취하기를 주장하였다.

왕은 신돈의 이 의견에 대하여 무엇이라 말하지 않고, 한참을 가만있다가,

"반…… 무어? 반……."

거북한 모양이었다. 신돈은 알아들었다. 신돈은 씩 웃었다.

"전하 축하드리옵니다. 거 이월에 왕자가 탄생하셨습니다. 전하 이하로 고려 천만 창생의 행복이로소이다."

왕은 그냥 가만있었다. 기쁜 듯한, 그러면서도 더 적적한 기괴한 심경이었다.

이 왕자가 공주에게서 났으면 얼마나 기쁘랴. 공주 생존 시에

늘 왕자를 보고 싶어 하더니.

공주 자신의 몸에서 못 낳으면 다른 여인의 몸에서라도 왕의 혈사가 생기기를 그렇게도 기다리더니. 지금 난 왕자가 하다못해 공주 생존 시에라도 났더라면, 공주도 마음을 놓고 세상을 떠났을 것이다.

공주 임종의 마지막 말.

"마마께 사후 없으신 것이 죄송하옵니다."

왕은 문득 물었다.

"언제요?"

"네? 네, 이월 ○○일이옵니다. 원자께서도 건강하옵시고 반야도 산후 평안하옵니다."

왕은 눈을 굴려서 벽에 건 공주의 진영을 쳐다보았다.

산 듯, 바야흐로 입을 움직이려는 듯 왕을 굽어보는 공주의 진영.

19

신돈이 퇴궐할 때에, 왕은 원자를 축복하는 뜻으로, 왕이 원나라에 있을 때에 쓰던 옥띠를 주었다. 이름은 무니노無尼奴라 지었다.

20

드디어 안극인의 따님을 왕비로 맞아들였다. 그러나 비극의 주인공인 이 정비定妃 안씨도, 첫날부터 별궁에 거처하고 그의 청춘을 외로이 보내지 않을 수 없는 가련한 여성이었다.

21

어제까지도 한 개 중에 지나지 못하던 신돈이, 놀라운 세도 자리에 올라가면서 고려의 조정은 물 끓듯 하였다.

왕의 뜻을 받아서 신돈의 행한 첫 번 정사가 세신권족들의 그 얽히고설킨 뿌리들을 죄 잘라 버리는 것이었다.

한미한 곳에서 자란 신돈이라, 나라의 정치는 잘 알 수가 없었다. 어떻게 하면 어떻게 될지 이런 복잡한 문제는 잘 처리하기가 힘들었다. 그러나 그대신 열과 성으로써 여기 대신하려 하였다.

세세로 내려온 조상의 위력을 방패삼아 아무 훈공도 없이 높은 자리에서 평안히 지내는 무리. 소위 대국이라는 원나라에 결탁해 가지고 원나라의 세력을 빌어서 제 고국에서 세도를 하려는 무리. 왕에게 아첨하여 권력을 얻어 가지고 아래를 누르는 무리. 사병을 양성하여 이로써 국방에 당하지 않고 도리어 개인 세력을 높이려는 무리.

중 출신의 신돈에게는 꺼릴 만한 아무 인연도 없었다. 공자 맹자가 인연이 없으니 그의 후배 되는 유림도 꺼릴 것이 없었다. 세족에게 연분이 없으니 권문도 무서운 바가 없었다. 역사를 안 배웠으니 원나라도 무서운 줄 몰랐다.

고려에서 높일 사람은 왕 한 분밖에는 없다. 고려왕은 공자에게 구속될 것이 아니요, 원나라에 구속될 것이 아니요, 세족권문에 구속될 것이 아니요, 유림에게 구속될 것이 아니요, 만약 구속될 것이 있다면, 단지 고려 백성에게만 구속되어야 할 것이다.

세태에 무식하기 때문에 이런 용감한 단안을 내린 신돈은 왕이 맡긴 자기의 권한을 높이 들고 재추에 일어섰다. 신돈이 이렇게 아무 배경도 없는 한 개의 중으로서 고려 조정에 일어서매 고려 조정에서는 가만있을 리가 없었다.

자기네들끼리 맡아 볼 때는, 자기네들끼리 서로 깎고 싸우고 하였지만 상대편으로 신돈이라는 중이 나타나매 그들은 자기네의 쟁투를 중지하고 일제히 신돈과 맞서게 되었다. 자기네들은 그래도 재상가라 유림이라 서로 얽힌 곳이 있지만, 조상 때에 아무 훈공도 없는 일개 중이 일어서매 일제히 그리로 싸움의 예봉을 돌렸다.

좌사의대부左司議大夫 정추鄭樞와 우정언右正言 이존오李存吾 두

언관의 상소가 그 첫 시합이었다. 상소문은 대략 이런 뜻이었다.

그 어떤 날 문수회文殊會에서 보매, 영도첨의[32] 신돈은 신하의 자리에
서지 않고 전하와 나란히 하여 구경하였으며 '영도첨의'의 하명이 내
리는 날도 조복朝服[33]을 입지 않았으며, 반달이 지나지 못하여 대궐에서
도 곧추 서서 다니며 말을 탄 채로 홍문紅門[34]을 출입하며, 늘 전하와 나
란히 하여 호상胡床에 앉으며, 자기 집에서도 재상들이 뜰아래서 절하는
것을 자기는 방에 앉아서 받으니 이런 외람된 자는 벌하셔야 합니다.

이 상소문을 왕은 예에 의지하여 신돈과 호상에 나란히 앉아
받았다. 이 상소문을 보고 신돈은 안색이 변하여 상아래 내려
꿇어앉았다.

"전하. 신이 예절을 모르기 때문이옵니다. 죄하십샤."

그러나 왕은 내려앉은 신돈을 몸소 도로 붙들어 상에 오르
게 하였다.

"섭정이 내왕과 나란히 한다는 것은 결코 예절에 어그러지지
않은 일이외다. 오늘 첨의가 세신의 한 개 상소문에 이렇듯 굴
하면 장래 어떻게 국정을 마음 놓고 맡기리까?"

그리고 도리어 정추와 이존오를 불러서 꾸짖었다.

"첨의는 야생이라 예절에 서투른 것은 나도 알고 맡긴 바거니와
그래 몸이 언관言官에 있으면서 민정과 왕도에 관해서는 진언할

일이 없어서 겨우 이것이란 말인가. 연변에는 도적이 왕성하고 나라는 가물어서 백성이 농사짓기가 곤란해 하는 이때에 그래 예의의 말절이나 이렇다 저렇다 할 밖에는 다른 말은 할 것이 없단 말인가. 그래서 넉넉히 언관의 직책을 다할 수가 있을까?"

이리하여 정추를 동래 현령으로 이존오를 장사 감무로 좌천을 시켰다. 권족들이 벌闕을 짜고 돌아가는 것을 미워하던 왕은 이리하여 아무 벌력이 없는 신돈을 높여 주어서 고려조 대대의 비정을 깨드리려 하였다.

이렇듯 왕이 철저하게 신돈을 두호[35]하여 주기 때문에 신돈은 자기 마음대로 고려 정치를 주무를 수가 있었다.

서울서 놀고 있는 장신將臣[36]들을 차례차례로 변방으로 쫓았다. 이것은 첫째로는 변방을 침범하는 도적을 막기 위함이요, 둘째로는 장신들을 서울에 그냥 두면 서로 핥고 흘기고 모함하고 하므로 이것을 피하기 위해서였다.

무능한 세족들을 용서 없이 벼슬을 깎았다. 아직껏은 무능한 줄을 알지만 혹은 학벌로 혹은 족벌로 얽히는 곳이 있어서 그냥 귀한 자리를 차지하고 있던 무능한 명문들을 없이하기 위함이었다.

'정민추정도감'을 두고 신돈 자기가 판사가 되어서 민원을 직접 듣기로 하였다. 고려의 정사가 흐리고 권문이 너무 높기 때문에 횡포가 심해서 백성들은 권문에게 재산을 빼앗기되 호소

할 곳도 없어서 참던 것을, 신돈은 호소할 길을 터서 권문들의 횡포를 금하였다.

아직 정치를 모르고 자란 신돈이 갑자기 대권을 맡게 되었으므로, 어떻게 하면 좋은 정치를 백성에게 베풀게 되는지 몰라서 갈팡질팡하면서 노력하는 것을 왕은 가만히 방관하였다.

22

권세를 따르는 것은 예나 이제나 일반이었다. 신돈의 권세가 이렇게 되매 차차 신돈에게 부회하는 무리가 많아 갔다. 이 가운데서 신돈은, 소인은 추려서 자기의 좌우에 두어서 몸을 장식하게 하고, 재능 있는 사람은 추려서 상당한 관직을 맡겨서 갈충보국케 하였다.

유림의 반대성, 권문들의 아우성 가운데서도 신돈의 권세는 나날이 높아 갔다. 공자 밖에는 존경할 줄을 모르고, 원나라 사람 밖에는 숭배할 줄을 모르는 유림이며 권문들은 이 중 앞에 차마 머리를 숙일 수도 없고, 머리를 안 숙이자니 벼슬을 할 수가 없고 하여 신돈을 떨구어 버리려고 별 야단을 다 하였다.

그러나 신돈의 세력은 인제는 튼튼하여져서, 어찌할 수가 없었다. 유림은 주둥이만 까졌지 신돈을 대할 만한 실 세력이 없고, 권문들은 자기네들의 내홍內訌[37] 때문에 실력을 단합할 수가 없고, 장수들은 벌써 변경에 쫓겨 가서 외구外寇 막기에 겨를이 없고 - 이리하여 신돈을 거꾸러뜨릴 힘은 합할 수가 없었다. - 그동안 신돈은 왕의 고적한 마음을 위로하기 위하여 공주의 영전影殿을 설계하여 역사를 시작하게 되었다.

23

그해 십이월, 종실 덕풍군德豊君의 따님을 맞아서 익비益妃로 봉하고(성을 한씨라 고침) 왕비 책립의 잔치가 대궐에 크게 있은 날이었다.

신돈은 외연外宴이 끝나고 내연內宴으로 들어서게 될 때에 백관을 거느리고 왕께 축하하는 절을 드린 뒤에 집으로 돌아왔다.

예쁜 여인. 왕께 바치어서 외따로이 별궁에서 청춘을 보내라기에는 너무도 아까운 익비 한씨의 얼굴이 연하여 눈앞에 보이므로, 이것을 힘 있게 떨구며 내실로 들어와서 신돈은 그의 비대한 몸집을 보료 위에 커다랗게 내던졌다.

뒤따라 신돈의 심복인 기현의 아내가 들어와서, 먼지 찌 앉은 촛불을 다스려서 밝혀 놓은 뒤에 좀 어색한 듯이 말하였다.

"아까부터 누가 와서 기다리고 있습니다."

신돈은 눈을 가느다랗게 뜨고, 기현의 아내를 쳐다보았다. 한편
만 촛불을 받은 여인의 완숙한 얼굴을 잠시 쳐다보다가 물었다.

"누구야."

"여인이올시다."

좀 질투하는 음성이었다.

"여인? 물론 젊은이겠지."

"네."

"이쁜가? 임자와 어떤가?"

"소인보다 이쁘고말구요."

신돈은 눈으로 미소하였다.

"어디 불러들이게."

기현의 아내가 나가고, 잠시 뒤에 문이 다시 열리며 젊은 여인
하나가 들어왔다. 여인은 문안에 읍하고 섰다. 신돈은 여인의 얼
굴을 보려 하였으나 불이 약하기 때문에 잘 보이지 않았다.

"자. 이리 와 앉지."

여인은 대답이 없었다.

"여기로 오지 않았다가는 내가 일어설 테야."

계집은 앉았다.

"좀 더 가까이."

계집은 더 가까이 왔다. 신돈은 계집의 얼굴에 비추이도록 불
을 돌려놓았다. 서민은 아니었다. 스물서넛 났을까. 꽤 이뻤다.

"무슨 일로?"

대답이 없었다.

"무슨 일로? 나를 찾아온 이상에는 무슨 곡절이 있겠지. 대답 안하면 도루 내보낼 테야."

"소인의 지아비의 구실자리를 좀 높여 달래려……."

"지아비의 구실자리라? 그럼 왜 지아비가 안 오고 임자가 와? 병중인가?"

계집은 대답이 없었다. 얼굴이 새빨갛게 된 뿐이었다. 신돈은 거듭 물었다.

"병중이 아니면 절름발인가?"

"……."

"절름발이가 아니면 천친가?"

신돈은 불쾌하여졌다. 말이 거칠었다.

"그래, 서방의 주소 성명은?"

선부의랑 이모의 아내라고 계집은 대답하였다. 신돈은 그것을 적었다.

"음, 알았다. 네 서방은 밝는 아침 잡아다가 곤장을 쳐서 경외에 내쫓고, 너는 내 집에 있거라. 벼슬을 얻고자 계집을 보내는 놈은 벼슬도 못하고 계집까지 잃을 것이고, 너는 이미 내가 허락할 생각으로 온 이상에는 여기 있거라."

신돈이 계집을 좋아하여 집에 많은 계집을 둔 것을 알고, 신돈의 권력을 시기하는 권문들은 고약한 풍설을 많이 퍼뜨렸다.

신돈은 황음무도[38]하여 계집을 즐기므로 신돈에게 제 마누라를 바치고 그 덕으로 벼슬들을 얻어하는 무리가 많다. 지금 신돈의 신임을 받고 있는 무리들은 다 제 마누라를 빌린 자들이다. 마누라만 바치면 아무런 벼슬이라도 할 수 있다.

이런 소문이 퍼져서 신돈의 집을 찾아오는 젊은 여인들이 차차 생기게 되었다. 벼슬에 눈 어둔 사람들의 행사였다.

본래 색을 즐기는 신돈은 처음 몇 명은 벼슬도 시켜 주었다. 그러나 차차 이런 무리가 너무도 많아 가므로 인젠 도리어 너무도 해이된 풍속에 싫증이 생겨서, 그 비루한 행동을 벌하는 뜻으로 계집만 거두고 사내는 벌하였다.

그런데도 불구하고 계집들은 그냥 찾아오는 것이다. 신돈에게서 뜻밖의 선고를 들은 계집의 얼굴은 순간 창백하게 되었다. 몸을 훌쳤다.

24

한 각 경 뒤, 캄캄한 신돈의 침실 밖에 계집하인 하나이 어쩔 줄을 모르고 망설이고 있었다. 신돈이 알아차리고 누구냐고 물었다. 하인의 대답은 왕이 미행하였다 하는 것이었다.

신돈은 깜짝 놀랐다. 처음은 거짓말인 줄 알았다. 반야의 정체를 안 이래 아직 다시 왕이 와 본 적이 없었다. 더구나 오늘 대궐에서는 왕비 영립의 잔치가 있었는데, 왕이 미행할 까닭이 없으므로. 그래서 재차 물어보아도 여전히 왕이 거둥하셨다는 것이다.

신돈은 하릴없이 일어났다. 계집은 버려두고.

신돈은 나와서 얼른 소세를 하고, 사랑으로 갔다. 과연 왕은 내시 두 명을 데리고 와서 앉아 기다리고 있었다.

"어떻게 거둥하셨습니까?"

신돈이 절하매 왕은 적적히 웃을 뿐이다.

"오늘 잔치는 어찌하시고 이렇듯?"

"또 가련한 과부가 하나 생긴 뿐이오."

왕은 또 미소하였다. 그러나 그것은 우는 듯한 미소였다.

순간 전까지의 음락에서 갑자기 왕의 적적한 심경에 직면한 신돈은, 왕을 위로코자 얼굴에 미소를 나타내려 하였다. 그러나 잘 나타나지 않았다.

왕이 현관을 돌아보며 손을 내밀매, 환관은 무슨 작다란 보퉁이를 하나 왕께 드렸다.

"아기."

"?"

"무니노에게."

신돈은 가슴이 덜컥 하였다 왕이 갑자기 미행한 것은 아기를 보기 위하여였던가. 새 왕비를 맞기 위하여 대궐에서는 욱적할 동안, 왕의 적적한 심사는 문득 당신의 유일의 혈육인 무니노 아기를 생각나게 하였던가. 얼마나 고적하면 대궐을 벗어나서 이곳까지 미행하였는가.

"이리로 모셔오리까?"

왕은 머리를 끄덕이었다. 그러나 신돈이 바야흐로 일어나서 나가려 할 때에,

"잠깐 내가 들어갑시다. 겨울바람이 찬데."

하면서 몸소 일어났다. 환관이 왕을 부액하려 하였다. 그것을 왕은 손짓으로 말리고 신돈과 함께 나섰다.

별당에서, 뜻 아닌 왕의 임어에 방과 몸을 정제할 동안, 왕은 몸소 손에 보퉁이를 들고, 찬바람에 덜덜 떨며 기다렸다.

생후 처음의 부자의 대면. 방이 정제되기를 기다려서 들어가매, 남향하여 왕의 자리가 깔리고, 그 앞에는 강보에 싸인 아기가 눈을 뜨고 주먹을 빨고 있으며, 반야가 윗목에 국궁[39]하고 서 있었다.

왕과 신돈은 들어갔다. 왕은 남향하여 앉고, 신돈은 마주 꿇어앉고, 반야는 영외에 엎드렸다.

왕은 힐끗 반야를 보았다. 본 뿐, 곧 도로 아기에게로 눈을 돌리고 잠시 굽어보았다. 신돈이 촛불을 정면으로 비추인 아래 누운 강보의 왕자는 주먹을 빨며 무엇이라 중얼중얼 하며 눈을 휘 번득거리었다.

이 모양을 굽어볼 동안 왕의 얼굴에는 차차 차차 미소가 나타났다. 음울한 기분이 씻어져 갔다. 왕은 손을 들어서 강보의 자락을 들었다. 그런 뒤에 당신 손이 찬 것을 근심하는 듯이 몇 번 손을 부빈 뒤에 아기의 왼편 옆구리를 들치고 들여다보았다.

"첨의."

만면의 웃음.

"왕씨의 자손은 반드시 왼편 옆구리에 커단 사마귀 세 개가 있소이다. 자, 이것 보시오."

굽어보매 거기에는 큼직큼직한 사마귀 세 개가 분명히 있었다. 왕은 그것을 본 뒤에 만족한 듯이 아기를 두 손으로 조심히 쳐들었다.

얼굴 맞은편에 높이 쳐들고 한참을 들여다보고 있을 동안, 만족한 듯이 미소가 나타났던 얼굴에 미소가 없어지고 차차 적적해지고 그 뒤에는 차차 우울해지고, 마지막에는 뺨으로 눈물이 흘렀다.

"전하. 왜 앙앙해 하시옵니까?"

왕은 덜컥 아기를 놓았다. 흑 하니 느꼈다.

"전하!"

"공주가 살아서……."

"전하. 이미 가신 이는 가신이올시다. 돌아오시지 못할 분은 생각하시면 무얼 하리까? 전하 유일의 혈사가 장성하시기까지."

"아니. 이 아기의 장성은 보지 못할 것 같구료."

"그런 말씀이."

"아니. 영전影殿이나 낙성한 뒤에는 나도 머리를 깎고 공주의 명복이나 빌면서 여생을 보낼까 하지만, 그때까지도 살지 못할 것 같구료."

"아니올시다. 전하, 전하께서는."

"첨의도 모르시지, 내 마음은. 이즈음 간신히 살아는 가지만, 속으로는 기운이 하나도 없어서 드러눕기만 하면 방금이라도 죽을 것 같구료."

신돈은 대답할 바를 몰랐다. 하릴없이 손으로 아기의 볼을 쓸어 보았다.

"나 천추만세후⁴⁰⁾에는 이 아기는 첨의께 밖에는 부탁할 곳이 없소이다."

왕은 눈물을 씻었다. 그리고 가져온 보퉁이를 아기의 강보 곁에 가만히 갖다 놓았다. 자식에게 어버이로서의 선사.

신돈은 그냥 허리를 굽히고 아기의 볼만 쓸고 있다가 힐끗 영외에 엎드려 있는 반야를 보았다. 행여 왕의 눈이 한 번이라도 돌아올까 하여 기다리고 있는 모양이 측은하였다.

신돈은 잠시 생각에 잠겼다. 왕도 손을 펴서 아기의 머리만 쓸어 주고 있었다. 한참을 이렇게 말없이 지낸 뒤에 신돈이 문득 몸을 조금 움직였다.

"신은 차차 늙어서 그러온지, 밤엔 요통이 심하오니 먼저 물러가기를 허락해 주시옵소서."

"아니. 나도 환궁하겠소."

신돈은 뜻하지 않고 반야를 힐끗 보았다. 반야의 몸이 약간 움직이었다. 감정의 격동이 있는 모양이었다. 신돈의 눈을 따라 왕도 반야를 보았다. 그리고 한순간뿐이요. 곧 눈을 돌렸다.

신돈은 왕을 모시고 별당에서 나왔다. 별당 밖에 국궁한 반야. 비록 소리는 안 내지만 울고 있는 것이 분명하였다. 문밖까지 왕의 보련[41]을 보낸 신돈은 내실로 들어가지 않고 사랑에 자리하게 하였다.

승하한 지 만 이 년이 가까워 오는 지금까지도 공주를 잊지 못해 앙앙불락[42]하는 왕. 왕의 돌봄을 못 받아 적적해 하는 반야.

두 개에 적적한 혼을 생각할 때에 신돈은 오래간만에 느끼는 승도僧徒로서의 감정, 인간무상에 얽힌 고적감 때문에 잠이 잘 오지 않았다.

내실에서는 한 여인이 그의 돌아오기를 기다릴 동안 신돈은 사랑에서 인간무상과 가지가지의 인간 상태를 탄식하고 있었다.

25

신돈의 정치적 업적의 제일년도 지났다. 각 장령들을 변방으로 보내기 때문에 외구의 침범이 적었다. 관리의 탐욕을 용서 없이 벌하기 때문에 백성의 기운이 얼마간 펴고, 얽히고설킨 군문들의 거미줄을 되는 대로 끊어 놓기 때문에 떼를 지어 음모를 하는 일이 없어지고 공맹을 무서워하지 않기 때문에 선비들의 잔소리가 적어지고, 첫솜씨로서는 성공한 편이었다.

세족과 선비들의 아우성은 꽤 심하였지만 이것은 모두 자기네의 개인적 원한을 토로함이지 서민들은 '성인이 출현하였다'고까지 찬송하였다.

이런 일 년이 지나고 그 이듬해 여름, 작년 봄에 기공한 공주 영전이 거의 낙성되어 갈 때에 왕은 영전을 몸소 가서 보고, 다시 헐어 버리라는 엄명이 내렸다. 영전이 작고 좁아서, 중 삼천을 수용할 수가 없다는 것이 왕에게 불만이었다.

그리하여 짓던 영전은 그냥 버려두고 마암馬岩에다가 굉장히 큰 설계로써 새로이 짓기 시작하였다. 왕이 공주를 생각하는 지극한 정성은 영전이나마 전무후무한 것을 짓고 싶었다.

신돈은 딱하였다. 왕의 심경을 동정하자면 얼마든 광대한 영전이라도 지어 드리고 싶었으나 지금 농번기에 많은 인력을 들여서 또 새로이 영전을 기공한다 하는 것은, 목민자牧民者의 차

마 하지 못할 일이었다. 아닌 게 아니라, 벌써부터 민원성이 차
차 들렸다.

새 영전 역사를 시작한 것이 유월. 유월에서 칠월, 한창 농번
기에 농민들을 사역하는 공사라, 말썽이 차차 높아 갔다.

이리하여 팔월 어떤 날, 때의 도첨이 시중 유탁柳濯과 첨서밀
직 정사도鄭思道와 정비 안씨의 친정아버지 극인이 서로 의논한
결과 왕께 영전 역사를 중지하기를 상소하였다.

그날도 마침 영전 도본을 상에 놓고, 어떻게 하면 전무후무한
영전이 될까 하고 이리 궁리 저리 궁리 할 때에 이 상소가 들어
왔다.

왕은 처음에는 무심히 이 글을 보았다. 보다가 얼굴이 검붉게
되었다.

왕은 글을 찢었다. 그리고 눈을 들어서 둘러보고,

"삼사사三司使입직 안 했느냐."

하고 호령하였다.

어명에 삼사좌사 이색이 달려와서 미처 대령한다는 말도 올
리기 전에,

"도첨의 시중 유탁과 첨서밀직 정사도를 당장에 순군에 내리
오. 동지밀직 안극인은 집에 가서 대명할 것이고, 정비定妃는 아
비의 죄로 제 친정으로 돌려보내오."

하여 영이 추상같았다.

왕의 친명이며 또한 어찌된 영문인지 모르는 이색은, 명령대로 시행하려 나갈 때에 왕은 소매를 떨치고 침전으로 들어갔다.

왕의 노염이 너무도 컸는지라 재상들은 노염을 깨뜨리고자 연하여 아뢰었으나, 왕은 침전에서 나지 않고 침전에 누구든 들이지 않았다.

정비 안씨를 쫓아 돌려보내기 때문에, 안 문제까지 되므로, 태후도 근심하여 시선을 보냈지만 태후의 시선까지도 왕을 보지 못하였다.

그 밤을 왕은 통분하여 한잠을 못 잤다. 공주의 신성함을 유린당한 것 같아서, 속이 불붙듯 하는 가운데서 왕은 그 새 잊었던 삼 년 전의 일까지 회상하였다. 그것은 다른 것이 아니라 공주 승하한 뒤 처음은 사흘 동안 제사를 안 드렸다. 공주의 장례를 영화공주(인종仁宗의 딸)의 의식에 좇아서 했다. 이 두 가지의 일이었다.

서민도 죽으면 그 첫날부터 제사를 지내거늘 일국의 국모 되는 공주는 사흘을 제사를 못 받았다. 또한 장례에 있어서도 영화공주는 일개 왕녀에 지나지 못하는 신위臣位요, 대장공주는 일국의 국모임에도 불구하고, 공주의 장례를 영화의 의식에 따라서 행한 것이었다.

그때에도 이것을 도맡아 본 사람은 유탁이었다. 그때의 그 유탁이 이번에 또한 영전 역사를 중지하라는 상소를 한 것이다.

이 유탁에게 괘씸한 생각 때문에 왕은 밤새도록 한잠을 못 이루고, 밝은 날 새벽에 신돈과 재상들을 불러들이고 삼사좌사 이색에게 명하여서 유탁을 국문케 하였다.

이때에 이색의 지혜만 없었더라면 유탁은 반드시 죽음을 면치 못하였을 것이다. 이색은 유탁을 국문한 뒤에 어전에 엎드려 복계하였다.

"유탁의 말을 듣건대, 국모 승하하신 뒤에 신자로서 국모를 잃은 통 때문에 순서를 잃고 부지중 궐제闕祭[43]를 한 것이옵고, 장례의 절차는 신축년 난리에 고례문古禮文[44]을 죄 잃어서 빙거[45]할 바를 알지 못하옵고, 단지 기억에 남아있는 영화공주 장의의 절차로 행하였다 하옵니다. 신자의 도리로서 아무리 애통 총망[46]중이기로 궐제를 하였다는 일은 용서치 못할 죄옵지만, 국모상을 당한 망극중이오니 관대한 처분이 계시기를 바라옵니다."

"그런 말로 면하려고? 내 마음이 굽히지 않으니 할 수 없소."

냉혹한 태도로 왕은 간단히 유탁을 죽일 것이라는 뜻을 나타내었다.

신돈도 왕의 곁에 묵묵히 앉아 있을 뿐이었다. 이렇게 맹렬히 노한 것을 처음 보므로 어떻다 말을 끼울 수가 없었다.

무서운 공기가 흐르는 가운데, 군신은 잠시 묵묵히 있었다. 그 뒤에 왕이 또 입을 열었다.

"유 시중의 죄로 말하자면, 첫째로 오래 수상의 자리에 있으면서 불의한 일을 해서 하늘이 가무니 이것이 죄요. 둘째는 연복사의 밭을 빼앗았으니 이것이 죄요, 공주 승하 후에 삼일 궐제가 그 셋째요. 영화공주의 예를 좇는 것이 넷째. 이렇듯 불의 불충이 심하니 알아 하오."

이색이 또 응하였다.

"그러나 전하. 그것은 모두 기왕지사요."

그냥 말을 계속하는 것을 왕이 빼앗았다.

"여러 말 말고, 그러면 유 시중이 옳고 내가 그르단 말이지?"

비교적 낮은 음성이나, 장차 폭발할 노염을 갖춘 음성이었다. 한 찰나 두 찰나. 왕의 입이 드디어 폭발하려 할 때에 이색은,

"뿐만 아니오라, 이 일은 영도첨의(신돈)도 아실 일이옵니다."
하고 신돈에게 밀어 버렸다.

왕은 신돈의 편으로 눈을 돌렸다. 힐문하는 눈이었다. 신돈은 즉시 받았다.

"신도 아옵니다."

"그럼, 첨의의 의견도 역사를 중지하라는 편이오?"

이 힐난에 신돈은 푹 머리를 방바닥에 묻었다. 눈물이 그의 늙은 눈에서 떨어졌다.

"전하. 성지聖志야 거역하리까마는, 민원이 약간 있사옵니다."

왕은 잠시 뚫어져라 하고 신돈을 보았다. 신돈까지 이런 말을 하리라고는 너무도 억울하였다. 그래도 신돈은 공주의 편을 들

어 주리라고 믿었더니.

그러면 세상이 모두 공주를 배반하고 나를 배반하는가.

왕은 일어섰다. 일어서면서 이춘부를 불렀다.

"이 시중. 이 국새國璽를 봉하오."

순간 모든 사람의 등골로는 소름이 일제히 돌았다. 모두 푹 엎드린 채 숨까지 죽였다. 지적받은 이춘부는 몸만 와들와들 떨 뿐 움쭉을 못하였다.

왕은 잠깐 기다리다가,

"그것까지도 복종할 신하가 없소?"

신돈이 할 수 없이 이색에게 눈짓하였다. 이색은 얼굴이 창백해지며, 손을 와들와들 떨면서 옥새를 봉하고 '신 이색 근봉'이라 썼다.

그것을 보면서,

"내가 덕이 없다고 내 말을 좇지 않으니, 마음대로 유덕한 자를 구해서 국새를 맡기오. 왕손은 별종자며 서민은 별종잘까. 고약한!"

최후의 말을 탁 내어던지고 획 들어가 버렸다. 왕이 들어간 뒤에도, 모두 잠시는 죽은 듯이 고요하였다.

이 신하들이 정신을 수습하고 왕을 찾을 때는, 왕은 환관 네 명을 데리고 대궐에서 종적이 사라진 때였다.

왕을 잃은 대궐은 물 끓듯 하였다. 대궐에서 왕을 찾느라고 야단할 동안은, 왕은 환관 네 명을 데리고 정비 안씨궁(정비는 어제 친정으로 쫓았다)으로 공주의 진영 하나만 모시고 가서 그 앞에서 너무도 통분하여 통곡을 하고 있었다.

왕의 행방을 알고, 재상들이 옥새를 받들고 행궁으로 갔지만 댓돌 위에도 올라서지 못하게 하여 그냥 돌아왔다. 수라반도 못 들이게 한다고 모두 얼굴이 사색이 되어 돌아갈 뿐이었다.

26

대신들은 모두 어쩔 줄을 모르고 이 구석 저 구석에서 수군거리고 있을 동안, 신돈은 혼자서 널따란 정청을 지키고 묵묵히 앉아 있었다.

"딱한 일이 생겼군."

물론, 유탁 이색 이하 몇몇 사람을 죽여 버리면, 왕의 마음도 풀릴 것이다. 그러나 신돈의 마음은, 이 재상들은 결코 죽이고 싶지 않았다. 유탁의 용맹과 과단성, 정사도의 곧은 마음, 이색의 지식과 슬기로움. 모두 일국의 재상으로 그 자리를 더럽히지 않는 인물들로서 이런 변변치 않은 일과는 차마 목숨을 바꿀 수 없는 인물이었다.

신돈 자기의 몸을 호화롭게 하기 위하여 좌우에 모은 소인배의 무리와 달라서 이 인물들은 국가동량의 재로 아껴 오는 인물들이다. 어떻게 해서든 그들의 목숨을 해하지 않고 이 문제를 해결을 시켜야겠다.

두런거리는 대궐에 외따로이 홀로 앉아 있던 신돈은, 저녁이 거진 되어, 왕이 사랑하여 기르는 비둘기들이 모두 제 깃으로 들어갈 때쯤 해서야, 자리에서 일어났다. 그리고 순순에 명하여 이색을 옥에 내리었다.

그날 밤도 꽤 어두워서, 신돈은 혼자서 왕이 있는 정비궁으로 갔다. 너무도 당돌히 올라오므로 수직하던 내관들도 혹은 어명으로 오나 하고 망설일 동안, 신돈은 어느덧 왕의 침전 안으로 들어갔다.

"첨의, 신돈 아뢰옵니다. 삼사좌서 이색을 어명에 거역한 죄로 하옥하왔습니다. 신돈 마땅히 대죄할 처지에 있사오나 지금 이색의 일을 끝내고는 대명하겠사옵니다."

왕은 신돈이 이렇게 아뢰어도 아무 대답 없이 신돈을 보았다.

신돈은 거기 꿇어 엎드렸다. 그리고 눈물을 흘리며, 이색의 아까의 행동은 오로지 전하를 위함이지, 자기를 위함이 아니라는 점을 누누히 설명하고 이색이든 유탁이든 모두 추호라도 승하한 공주를 소홀히 함이 아니라, 모두 전하의 백성을 위하여 자기 몸이 죽기를 무릅쓰고 간하였다는 말을 하여, 이 본시 어진 왕으로 하여금 종내 머리를 끄덕이게 하였다.

이튿날 환궁한 왕은 하옥하였던 신하들을 모두 어전에 부르고 술을 주며,

"내가 너무도 가볍게 노해서 재상들을 욕보게 한 것을 너무 탓하지 말고 이 뒤에도 늘 충성을 다해 주시오."

하고 간곡히 말하였다. 일단 친정으로 쫓았던 정비 안씨도 도로 불렀다.

그러나 왕의 마음에는 유탁의 과실은 장래 영구히 잊을 수가 없었다. 이리하여 이번의 사변 때문에 이 뒤에는 다시 영전 역사에 대해서 감히 말하는 자가 없었으며 왕은 또 왕으로서 역사를 처음같이 처 몰지 않고 천천히 진행시켰다.

27

왕의 십팔 년 십구 년도 주마등과 같이 지나갔다.

왕이 신돈에게 대한 신임은 그 끝이 없는 듯하였다.

왕은 무니노 아기를 보기 위하여, 자주 신돈의 집에 미행하였다. 신돈의 집은 이전에 있던 곳이 아니요, 대궐 서남쪽에 빈터가 있는 것을 신돈에게 주어서 거기 짓게 한 것이다.

아기에게 대한 애정이 나날이 자람을 따라서 반야를 긍휼히 여기는 생각도 차차 들었다. 공주 이외에는 여인을 보지 않으려

는 왕이매, 다시는 반야를 모시게 하지는 않았지만, 쌀을 한 달에 삼식 석碩씩 하사하여 용用에 쓰게까지 하였다.

때때로 영전 조영하는데 거둥을 하고, 밤에 신돈의 집에 미행하고 굉장하게 문수회를 차리고, 공주의 혼전에 제사하고, 이런 사사로운 일 이외에는 국정을 온통 신돈에게 일임하고 왕은 일체 간섭치 않았다.

한 번 왕의 십팔 년 섣달 납일에 공주의 능에 제사치 않았다고(본시부터 유탁을 좋지 않게 보던 차에) 이것도 유탁의 행한 일이라고 유탁을 옥에 가두고 그 집을 적몰[47]하였다가, 재추에서 '납제[48]'라고는 없다는 석명[49]을 하여, 도로 놓아 준 일이 있었다.

이렇게 전 책임과 전 권세를 한 몸에 지고 나라를 꾸려 나가는 동안, 인제는 웬만치 자신도 생기고 눈도 떠지기 때문에 신돈의 정치는 처음의 과도기를 지나서 차차 완숙하여 갔다.

그때에, 아직껏 고려를 지배하던 원나라가 얼마만치 세력이 꺾이고 주원장朱元璋이 이룩한 명나라가 커 가는 것을 기회로 원나라와의 인연을 튕겨 버렸다.

원나라에 맡겼던 제주도도 도로 찾았다. 각 연변을 침략하던 왜구도 뜸하였다. 정부도 인젠 안돈되어, 적재적소에 배치된 정부는 장차 대고려 제국을 건설할 실력을 차차 갖추었다.

중의 아래 들기를 꺼리던(문벌을 자랑하는) 고려의 세족이며 유림들 가운데서도 좀 현명한 사람들은, 신돈의 아래 머리를 숙이고 들어왔다.

이러한 가운데, 왕의 십구 년 사월에는 관음전觀音殿을 임시 영전으로 쓰게 하고, 그 유월에는 다시 왕께 간해서, 옛날 짓다가 내버린 왕륜사의 영전을 다시 수리하고 마암의 대규모 영전은 중지하도록 하였다.

십구 년 섣달. 신돈이 집정한 지 만 사 개 년 뒤 어떤 날 왕이 입시한 사관史官 두 명에게,

"민간의 이병은 다 내 득실이니 감춤 없이 아뢰라."

하고 한 때에는 사관들은 천하가 배를 두드리며 성대를 축하하옵니다고 아뢸 만치 안정이 되었다

28

왕의 이십 년도 절반이 지난 유월 어떤 날이었다.

어떤 날 저녁, 신돈은 대궐에서 왕과 바둑을 두었다.

무엇을 깊이 생각하고 있음인지, 이 날은 유난히도 왕은 바둑이 서툴렀다. 횡수50)가 많았다.

한참을 두다가 왕은 한 점을 딱 놓으며, 무심히 이렇게 말했다.

"다시 영전 역사를 시작할까 보오."

"안 됩니다. 아직 안 됩니다."

바둑에 정신이 팔린 신돈은 마주 돌을 놓으며 애교 없이 응하였다.

"그래도 인제는 민심도 좀 안돈되고."

"아직 안 됩니다. 왕륜사에 영전이 있는데."

"그건 너무도 협소해서……."

"그만했으면 넉넉하옵지."

왕은 번쩍 머리를 들었다. 허덕이었다.

"첨의까지 공주를 멸시."

"멸시함이 아니오라, 공주전보다도 백성이 더 중하옵니다."

인제는 더 참을 수가 없는 모양이었다. 왕은 벌떡 일어섰다. 바둑에 정신이 팔려서 무심히 마음에 있는 대로 대답을 하다가 펄떡 정신을 차리고 우러러보니, 왕은 얼굴이 종잇장같이 희게 되고, 입술 몸 사지 할 것 없이 와들와들 떨고 있었다.

"전하."

깜짝 놀라서 신돈이 엎드릴 때에 왕은 홱 돌아섰다.

"괘씸한!"

"전하."

신돈은 왕의 옷깃을 잡으려 하였다. 그러나 왕은 빼치고 침전으로 들어갔다.

침전까지 쫓아갔으나, 왕은 내시에게 엄명하여 신돈을 보지 않았다.

신돈은 밤새도록 집에 돌아와서 근심하였다. 그리고 이튿날 밝자 입궐하여 왕께 뵙기를 청하였다. 그러나 왕은 허락하치 않았다. 노염이 극도에 달한 것이다.

신돈은 하릴없이 집에 돌아와서 대죄하는 뜻으로 문을 닫고 근신하였다. 근신하면서도 걱정하였다. 자기 밖에는 왕이 신임하는 사람이 없는지라, 지금 자기가 노염을 샀으매, 왕의 마음을 풀어 드릴 사람이 없었다.

29

근신하는 가운데 한 달이 지났다. 육칠월 더위에 신돈은 문을 굳이 닫고, 죄인으로 자처하고 그의 즐기던 계집도 모두 멀리하고 지냈다.

어떤 날 신돈은 어명으로 드디어 결박을 지고 대궐로 가게 되었다.

신돈에게는 특별히 친국을 하겠다 하여, 이전에는 말을 타고 출입하던 홍문을 결박을 지고 들어갔다.

친국소 앞뜰에 꿇어앉을 동안, 얼핏 왕을 쳐다보니 그 새 월여[51]에 무척이도 상하였다.

신돈은 가슴이 송구하였다. 그날 밤 바둑에만 정신이 팔리지 않았더라면 좀 더 다르게 대답할 말도 있었거늘 정신없이 대답을 하기 때문에 이렇듯 여윈 왕을 보매 가슴이 찢어지는 듯하였다.

그러나 그만 죄로는 너무도 어마어마한 경계였다. 죄한대야 과즉 견책에 지나지 않을 것을.

"대역 신돈. 네 죄를 알겠느냐?"

벽두에 대사성 임박의 이 호령에 신돈은 깜짝 놀랐다. 대역이란?

"황공하옵니다."

신돈은 머리를 흙에 부비었다. 뒤따라 추상같은 호령이 다시 내렸다.

"상께서 너를 그만치 우우하사, 네게 과한 직책을 맡기시고 부귀를 주셨거늘 너는 무엇이 부족해서 기현奇顯 최사원崔思遠 따위와 역적을 도모하였느냐!"

"?"

신돈은 가슴이 철썩 내려앉았다. 한순간 온 천지가 아득하였다.

"네 도당은 모두 토사를 했으니, 너두 이실고지하고 성은이나 바라거라."

어서 아뢰어라의 소리가 천지가 진동하는 듯한 가운데, 신돈은 너무 억하여 숨이 딱 막혀서 말이 나오지 않았다. 눈물만 비 오듯 하였다.

역적 도모라 한다. 도당은 벌써 토사했다 한다. 그 새 다년간 고려 정사를 맡아 본 신돈은 다 알아채었다. 자기가 왕과 불화된 이 기회를 타서, 누가 참소를 한 것이다.

누구라고 그것을 캘 것도 없다. 자기가 왕에게 신임을 받거니, 이 고려의 권문세가들이 모두 할 수 없이 자기에게 붙어 있었다. 그 신임만 없다 치면 모두가 저편이 되고 중 출신인 자기는 홀로 비어져 나올 것이다.

언관은 자기를 극도로 참소할 것이다. 사관은 자기를 극도로 곡필을 할 것이다. 재상은 자기를 대역자로 몰 것이다.

어서 아뢰라는 호령과 함께 등으로 빗발치듯 내리는 곤장을 한참 받다가, 신돈은 조금 머리를 들었다.

"전하께 직소하겠습니다."

"무에냐?"

대사성이 대신 물었다.

"전하. 신은 육 년 전에 전하께 죽을죄를 짓삽고, 그때 전하께 바친 목숨이매 언제 거두실지라도 어의에 달렸을 뿐, 그 새의 연명을 사례할 따름이옵니다마는, 오늘 친국의 취지만은 신이 도무지 모르는 바로소이다."

"네 도당이."

임박이 대신 호령하는 것을 신돈이 받았다.

"전하도 총찰하시는 바, 신의 지위가 인신의 극이매 무엇이 부족하와 불궤를 도모하옵고, 신이 이미 연로하고 신에게 후사가 없으매, 누구를 위하여 외람되이 보위를 엿보리까."

"그것으로 미루어 볼지라도, 너는 자초지종으로 사언詐言이 아니냐. 네게는 자식이 있다는."

"아니옵니다. 신."

"있다."

"아니옵니다. 신 본시 유병하와 자식을 못 보옵니다. 무엄한 말씀이오나 신이 칠팔 년간에 사私한 계집의 수효도 적지 않거늘, 한 계집도 유신하여 보지 못하고, 오직 한 계집이 작년에 사내애를 낳았는데, 그것은 그 계집의 본남편의 자식인 것은 그 계집도 알고 신도 잘 아오나, 신이 노래에 너무 적적하와 그냥 신의 아들이라 불러 둔 것이 있지만 그 밖에는 후사가 없사옵니다. 남의 자식을 위하여 성은을 배반하올 신이 아니옵니다. 통촉하소서."

"네 일찍 내게 한 말이 있지 않으냐. 젊은 계집을 많이 가까이 함은 사하기 위해서가 아니라 양기를 기르기 위해서라고. 그런데 사했단 말이 또 웬 말인고. 그것도 사언이 아니랄까."

여기는 할 말이 없었다. 눈물만 비 오듯 쏟아질 뿐이었다.

30

　신돈은 왕의 특별한 관후한 처분으로 수원에 유배流配되었다. 소위 도당들은 모두 죽었다.

　유배되는 길에, 신돈은 이번의 참소자가 누구인지를 비로소 알았다. 선부의랑 이인李靷이었다. 몇 해 전에 자기에게 아내를 보내서 벼슬 높여 주기를 청하였거늘, 신돈은 이것을 괘씸히 보고 계집만 빼앗고 청은 안 들어 주었더니, 그 결과가 오늘의 이것이었다.

　배소로 떠날 때, 신돈은 기회를 타서 재상 이인임에게 왕께 아기마마의 뒤를 거두어 달라는 부탁을 단단히 하였다.

　그 뒤에 대간은 다시 상소하여 신돈의 가산을 적몰하고 신돈을 주誅하기를 청하였다. 이리하여 신돈은 수원 배소에서 목 자르고, 그 목을 갖다가 서울에 걸어서 구경을 시켰다.

31

　신돈이 죽은 뒤에 왕은 신돈의 집에서 기르던 무니노를 대궐로 불러서 태후께 알현시켰다. 동시에, 신돈 죽은 인제는, 다시 간할 사람이 없는 영전 역사를 시작하였다.

왕자 무니노의 생모 반야는, 신돈의 집이 적몰될 때에 어디로 갔는지 없어졌다.

32

신돈 죽은 지 한 달 두 달간은 왕은 무심히 지냈다. 그러나 석 달 녁 달, 날이 갈수록 통절한 고적감을 느꼈다.

정부에서는, 그 새 신돈이 세웠던 시설을 모두 없이할 동안, 왕의 마음에는 신돈을 그리는 생각이 나날이 간절하여 갔다. 어떤 때는 공주를 사모하는 마음이나 거의 같을 만큼 애타도록 그리운 때도 있었다.

마음의 괴로움을 하소연할 사람도 없었다. 알아 줄 사람도 없었다.

그 새, 다 들어서 신돈에게 맡겼던 정사는, 신돈이 죽기 때문에 다시 왕에게로 돌아왔다. 그 번거로움.

정 애탈 때에는, 신돈을 부르면 그래도 신돈에게서는 좀 시원한 말이라도 있었거늘, 이 막히고 빡빡하고 답답한 재상들과 대하려면 정 진저리가 났다. 사사에 공맹을 들고 나오고 송당을 들고 나오고 선왕을 들고 나오고……

이런 가운데서, 왕의 성격은 차차 괴벽하여 갔다. 신돈의 죽

은 지 일 년 뒤. 마암 영전의 종루鍾樓[52])가 낙성되었다가 헐리
고(높이가 얕다고) 영전 뒤 취두鷲頭[53])(금 육백오십 냥 은 백 냥을 들임)가
된 때쯤은, 왕은 온전히 다른 사람같이 되었다. 대수롭잖은 일
에 성을 내고 성을 내면 포악성을 띠는 것쯤은 그래도 인간미
가 있는 편이요, 때때로는 이틀 사흘 말 한마디도 없이 음침한
얼굴로 앉아 있다가는, 생각나면 엉뚱한 일을 시켜서, 사람들을
놀라게 하고 하였다.

　이십일 년 시월에 왕은 '자제위子弟衛'라는 것을 두기로 하였
다. 그것은 김흥경金興慶으로서 두목을 삼은 미소년들의 무리였
다. 홍윤洪倫, 한안韓安, 권진權瑨, 홍관洪寬, 노선盧瑄 등이 왕의 사
랑을 받는 소년들이었다.

　그러는 한편 계집들에게 대한 잔학 본능이 강하여져서, 계집,
그 가운데서도 젊고 예쁜 계집이 괴로워하는 양을 보는 것을
통쾌히 여기었다.

　대궐에서는 계집들은 차차 이 괴벽한 왕을 무서워하고 꺼리
었다. 어떤 날 왕은 홍윤을 익비 한씨의 방에 몰아넣은 일까지
있었다. 한씨는 반항을 하였지만 왕까지 칼을 뽑아들고 종내
꺾고야 말았다. 그것을 엿보며 기뻐하는 왕.

　왕의 마음은 나날이 어지러워 갔다.

　일찍이 어떤 날 청년 때에 개가 몹시 짖는 것을 보고, 저 개
가 아마 배가 아픈 모양이라고 약방에 명하여 약을 주게 한 일

이 있느니만치 착하고 인자하던 본성은 어디로 없어졌는지, 지금은 그냥 음침한 가운데서 날을 보내고 날을 맞고. 무슨 잔혹한 일을 본 뒤에야 비로소 약간 음산한 웃음을 얼굴에 띠어 보이느니만치 왕은 격변하였다.

어떤 때 심히 어지러울 때는, 당신의 목이라도 잘라 보고 싶은 기괴한 충동조차 일어났다. 왕의 앞에서 술상이 떠나 본 적이 없었다. 술이 매우 취하여서 가까스로 잠이 들면, 그래도 좀 나았지만 깨어 있기만 하면 가슴이 설레고 강박관념에 눌리어서, 잠시도 마음이 펴지는 순간이 없었다.

이런 가운데서 연달아 생각나는 것은 하나는 과거 십육 년간을 동고동락한 대장공주의 추억이요, 또 하나는 과거 육 년간을 당신과 나라를 위하여 애쓰다가 도리어 당신께 죽인 바 된 신돈 생각이었다.

공주만 살아 있었어도 오늘날 이런 미칠 듯한 고경에는 빠지지 않았을 것이며, 공주 잃은 뒤에라도 신돈이라도 그냥 살았더라면 어떻게든 당신을 위로하여서 이렇듯 괴로운 경지에까지 빠지게는 안 할 것이다.

나날이 체력이 쇠약하여 감을 느끼고, 나날이 늙어 감(마흔네 살이었다)을 느끼고, 나날이 마음이 더 어지러워 가는 것을 느낀다. 인제 더 산대야 얼마를 더 살지 못할 것이요, 오래 산다 하여도 그것은 괴로운 시간을 더 오래 누리는 데 지나지 못할 것이다.

어떤 날 왕은 태후궁에 태후께 뵈러 갔다.

인사가 몇 마디 왕래된 뒤에, 왕은 침울한 음성으로 말하였다.

"신의 수도 인젠 다하고 얼마를 더 살지 못할 것 같습니다. 태후전 마마. 무니노를 당부하옵니다. 아직 아무 철모르는 어린애이옵니다만."

"전하는 그게 무슨 말씀이오?"

"신의 망령이 아니옵니다. 지금 후사를 세우지 않으면 한을 천추에 남길 듯하옵니다. 이 사직도 부탁하려니와 공주 영전의 역사를 뉘 맡아서 승계하리까?"

태후는 이 아드님의 초췌한 양을 민망한 듯이 한참을 보았다.

"영전의 굉장 화려한 것이 천하에 무비라고 원성이 많은 위에, 전하는 또 농번기에도 비만 오면 영전 역사에 방해된다고 기청제祈晴祭를 드리고 하나, 이것은 인군 된 도리에 어그러진 일로 아오. 또 이즈음 들으니, 김흥경 등 소년들을 일야 대궐에 머물러 둔다 하니, 이것도 또한 인자의 효도를 막는 것으로 인군의 취하지 않을 일이오. 전하, 늘 밤이 깊도록 계시다니 밤이 늦으면 아침도 늦은 법이라 정사에 게으르게 될 터이니, 역시 인군의 피할 일인데 좀 삼가시오."

왕은 침울한 얼굴로 듣고 있다가, 모후의 말이 끝나자 일어서려 하였다.

태후는 왕의 옷깃을 붙들었다.

"전하. 내 말에 대답을 하고 나가시오."

"네."

명료치 않은 대답을 하고 몸을 돌이키려는 왕을, 태후는 그냥 안 놓아 주었다.

"들으시오? 안 들으시오?"

"명대로 시행하겠습니다."

"또 비빈妃嬪들은 왜 보지 않우?"

왕은 머리를 끄떡 하였다. 그 자리에 주저앉았다.

"공주만한 자 없습니다."

주루루 눈물이 흘렀다.

이 마흔네 살에 난 아드님의 눈물을 보고, 태후는 그만 웃었다.

"사람은 한 번 죽는 것. 전하도 면치 못합니다."

그러나 왕은 눈을 멍하니 뜨고, 눈물만 흘리고 있었다.

33

음산한 왕과 난륜의 궁실과 어지러운 정국. 이런 가운데서 그 해도 또 넘어갔다.

정치의 중심이던 신돈이 없어지고, 왕 또한 정치를 돌보지 않으므로, 재상들이 제각기 파를 짜 가지고 제멋대로 놀아나는 고려의 정국은, 다시 수습하기 어렵도록 어지러워 갔다.

이런 어지러운 가운데서, 이십사 년 봄도 가고 여름도 또한 가고 가을이 이르렀다.

그렇지 않아도 음산한 가을 팔월 어떤 날, 왕은 꺼질 듯한 음침한 기분으로 환관 최만생의 부액을 받고 후원을 거닐고 있었다.

후원의 어느 곳이라 이전 한때 공주와 손을 마주 잡고 안 다녀 본 곳이 있을까. 봄에는 꽃을 따라 여름에는 녹음을 찾아, 가을에는 낙엽을 주우러, 겨울에는 눈을 보러 늘 함께 다니던 공주의 생각 때문에 왕의 푹 숙이고 있는 얼굴에는 연하여 눈물이 흘렀다.

한참을 이렇게 거닐다가 문득 변의便意가 생긴 왕은, 만생을 데리고 내전으로 돌아왔다.

매화틀 변기에 앉아서 왕이 침울한 얼굴로 앞만 바라보고 있을 때에, 곁에 부축하던 환관 최만생이 허리를 굽혀서 제 입을 왕의 귀에 가져다대고 소곤거렸다.

"상감마마. 익비께서 유신有身 - 태중胎中- 합신 듯이 들었습니다."

"무얼? 익비가?"

"네. 벌써 다섯 달인가로 들었습니다."

왕은 한순간 기괴한 표정을 하였다. 그 뒤에 물었다.

"누구라더냐? 사내는? 들었느냐?"

"비의 말씀이 홍윤이라 하옵디다."

"홍윤?"

왕은 잠시 침울한 얼굴을 계속하였다.

"응. 공주 생전에 늘 원자元子 없는 것을 근심하더니, 인젠 됐다."

왕은 일을 끝내고 일어났다.

"홍윤의 입을 막아야 소문이 안 나지. 내일 창릉에 알謁할 때 독주를 먹일까?"

그러고는 휙 하니 얼굴을 최만생에게 향하였다.

"너도 내막을 알았으니 살지 못할 줄 알아라."

만생은 왕의 너무도 침울한 얼굴에 몸서리쳤다.

34

여전히 그날 저녁 왕은 술을 몹시 먹고 대취해서 자리에 들면서는 정신 모르고 잠이 들었다.

그 밤도 어지간히 깊은 때에, 왕의 침전을 향하여 발소리를 감추어 가지고 가까이 오는 몇 명의 괴한이 있었다. 최만생, 홍윤, 권진, 한안, 노선 등이었다. 밝는 날 왕께 죄받기 전에 왕을 시하여 자기네의 생명을 도모하고자 함이었다.

대취하여 업어갈지라도 모를 만치 된 왕의, 이불을 벗어던진 가슴에는, 흉한들의 칼이 내려박혔다.

"도적이야!"

"역도야!"

좀 뒤에 침전에서 울리는 이 아우성. 이것은 역도들이 일을 끝내고 스스로 피하려고 지른 함성이었다.

그러나 위사衛士 한 명도 이 소란한 침전으로 달려오는 자가 없었다. 침전에서 고함지르는 소리에 내전 궁인들도 모두 깨어 일어났지만 무서워서 나오지 못하고 내전에서 야단들만 하고 있었다.

이런 소란에 대궐에, 제일 먼저 달려온 것이 왕의 모후 되는 명덕태후였다.

모후가 달려왔을 때는 흉도들은 가장 아닌 체하고 왕의 앞에서 통곡을 하고 있을 때였다.

태후궁에서 단숨에 여기까지 달려온 태후는 숨이 딱딱 막혔다. 태후는 침전에 뛰어들면서,

"아이고 이게 웬 일이요. 전하! 전하!"

피가 펑 고인 방에 주저앉아, 아드님의 머리를 흔들며 울었다.

"전하. 전하. 내가 왔소. 전하! 너희들은 빨리 가서 대신들을 지금 입내하래라."

태후의 명으로 (아닌 체하고 있던) 흉도들이 몰려간 뒤에 침전에는 태후 혼자서 아드님의 옥체를 흔들며 통곡하였다.

"전하! 전하! 정신을 차리오! 전하!"

문득 왕의 입술이 조금 떨어졌다. 눈이 힘없이 조금 움직이는 듯하였다.

태후는 입술을 아드님의 눈 마주 갖다 대었다.

"전하. 내요, 내야."

"무, 우, 우."

무슨 말이 나왔다.

"무어요? 물요?"

"무, 우, 니, 노."

"무니노 말씀이오?"

왕은 그렇다는 뜻으로 눈을 감았다.

태후의 마음은, 천 갈래 만 갈래로 찢어져 나갔다. 왕의 최후의 소원, 무니노를 보고 싶다는 그 소원을 들어 주자니 태후궁까지 갈 사람이 없었다. 임종의 아드님을 두고 태후는 떠날 수가 없었다. 궁인을 부르자니 이 실낱같은 아드님의 앞에서 고함지르기가 무서웠다. 마음만으로 안타까워서 발을 동동 구르나 방보가 없었다.

"전하! 무니노는 안심하시오. 전하의 뒤는 무니노로 반드시 잇게 할게."

이렇듯 아드님의 귀에 입을 대고 불어넣는 태후의 심장은, 바야흐로 갈라진 듯하였다.

"무, 우, 우, 무."

"아이구 전하 이게 웬일이요?"

보기가 무섭도록 초췌한 아드님의 얼굴에, 태후는 자기의 얼굴을 부비며 대었다.

35

왕은 드디어 승하하였다.

"무, 우, 무."

무니노를 보고 싶다는 뜻을 몇 번 나타내고는, 보고 싶은 무니노를 보지도 못하고 그냥 떠났다. 십 년 전에 공주가 간 나라. 또는 사 년 전에 신돈이 간 나라. 옛날 친구들이 있는 나라로.

왕이 운명한 뒤에야, 재상들을 부르러 나갔던 흉도들이 돌아왔다. 부르러 갔던 사람들은 왔으나 재상은 이인임 한 사람 밖에는 오지 않았다.

태후는 태후궁의 무니노를 불러 왔다.

"자 절해라. 아버님이시다. 아버님이시다."

태후가 무니노를 붙잡고 울음 절반 말 절반으로 이렇게 말하매 이때 열 살난 소년은 난생 처음으로 아버님으로서의 왕의 영해에 절하였다.

최만생 등의 악계는 날이 밝기 전에 발각되었다. 만생의 옷자

락에 튄 핏방울과 날카로운 이인임의 눈에 벗어나지 못하여 국
문을 당한 결과, 죄상이 명백하게 돼서 옥에 내렸다.

36

"태후전 마마. 신은 일찍이 대행전하께 강녕대군江寧大君(무니
노)께 관한 부탁을 받은 일이 있습니다."

"임종까지도 전하는 무니노를 부르셨소."

"유지까지 그러하온 이상은 물론 강녕대군으로 입사를 하셔
야겠습지요."

"나도 그렇게는 생각하지만, 대행왕께 혈사가 있었다는 걸 다
른 재상이 믿을까?"

"거기 대해서는 상장군 이미충李美沖도 알리이다. 대행께서 이
전에 금전을 만드셔서 이 장군을 시켜서 신돈의 집에 무니노 아
기께 보내오신 일도 있었삽고, 또 시중 이성계에게도 이런 하교
가 계신 것을 신도 아옵니다."

"대행전하의 유일의 후사니, 무니노를 두고 딴 사람을 어디서
구하겠소."

이리하여 대행왕의 영해를 앞에 두고, 태후와 이인임은 강녕대
군 우禑(무니노)를 제삼십이대 고려왕으로 세우기로 내정이 되었다.

37

    이튿날 국상은 반포되고, 또 그 이튿날, 열한 살 난 소년왕자는 태후의 축복과 이인임의 알선으로써 고려국 지존의 자리에 올랐다.

38

    선왕 일대의 정과, 온 고려의 수粹를 다하여 축조하던 공주 영전은, 낙성 임박하여 축조자를 잃기 때문에, 마지막 한 획을 더 하지 못하여, 미완성품대로 다시 황폐하여 갔다. 그러나 영전이나 두고 만나 보려던 두 혼은, 지금 사실로 만나게 되었으니 영전의 황폐를 애석해 하지도 않을 것이다.

    후궁에 간히어서 나비의 돌보기를 고대하고 있던 명화 네 떨기. 혜비 이씨, 정비 안씨, 신비 염씨, 익비 한씨.

    익비 한씨는, 뜻밖의 고약한 소나기에 밟히어 스러져 버리고, 나머지 세 떨기는 그냥 봉오리 채로 끝까지 나비의 발자국을 맞아 보지를 못하였다.

    그들은 연년이 가을에는 가지런히 현릉玄陵(선왕릉)에 가서 자기네들을 돌보지 않고 가 버린 나비의 외로운 혼을 곡하며 그들의 적적한 여생을 보냈다.

『중앙中央』, 1935년

---

1) 침전: 임금의 침방이 있는 집.

2) 정침: 거처하는 곳이 아니라 주로 일을 보는 방.

3) 협실: 곁방.

4) 입어: 임금이 편전에 들어 좌정함.

5) 부액: 곁부축.

6) 전의典醫: 왕의 질병과 황실의 의무를 관장하였던 의관.

7) 임어: 임금이 임함.

8) 지밀궁녀: 임금과 왕비를 모시던 궁녀.

9) 잠저潛邸: 아직 왕위에 오르기 전.

10) 몽진: 임금이 난리를 피하여 안전한 곳으로 감.

11) 빈전殯殿: 발인 때까지 왕이나 왕비의 관을 모시던 곳.

12) 재궁梓宮: 왕, 왕비, 왕세자 등의 시체를 넣던 관.

13) 반혼법返魂法: 죽은 사람의 혼을 집으로 불러들이는 것.

14) 엄벙덤벙: 주관 없이 함부로 덤비는 모양.

15) 현월弦月: 초승달.

16) 미희美姬: 아름다운 여자.

17) 소素: 상중에 고기를 먹지 아니함.

18) 여수: 여우의 방언.

19) 계명성: 샛별.

20) 등대: 미리 준비하고 기다림.

21) 수녕궁壽寧宮: 고려 시대 개성 하지전 수륙교 옆에 위치하던 궁.

22) 향각香閣: 대웅전과 그 밖의 법당을 맡아보는 사람의 숙소.

23) 입신지기入神之技: 극히 뛰어나 신묘한 경지에 이른 기술.

24) 자순諮詢: 윗사람이 아랫사람에게 의견을 물어 의논함.

25) 불궤: 반역을 꾀함.

26) 강안전: 고려 시대 정궁인 연경궁 내에 있었던 전각.

27) 귀현貴顯: 존귀하고 이름이 높음.

28) 어御: 다스리다.

29) 고소苦笑: 쓴웃음.

30) 기망: 남을 속임.

31) 용종龍種: 고려 시대에 왕족을 이르던 말.

32) 영도첨의: 고려 시대에 둔 도첨의부의 으뜸 벼슬.

33) 조복朝服: 관원이 조정에 나아가 하례할 때 입던 예복.

34) 홍문紅門: 정문.

35) 두호: 남을 두둔하여 보호함.

36) 장신將臣: 대장.

37) 내홍內訌: 내분.

38) 황음무도: 주색에 깊이 빠져 사람으로서의 도리를 돌아보지 아니함.

39) 국궁: 몸을 굽히어 존경하는 뜻을 나타냄.

40) 천추만세후: 천 년 만 년 뒤라는 뜻으로 어른이 죽은 뒤를 높이어 이르는 말.

41) 보련: 임금이 타는 가마와 수레.

42) 앙앙불락: 매우 마음에 차지 아니하거나 야속하게 여겨 즐거워하지 아니함.

43) 궐제闕祭: 제사를 지내지 않거나 지내지 못하여 빠뜨림.

44) 고례문古禮文: 옛날의 예절이나 예법이 적힌 문서.

45) 빙거: 어떤 사실을 증명할 만한 근거.

46) 총망: 매우 급하고 바쁨.

47) 적몰: 중죄인의 재산을 모두 몰수하는 일.

48) 납제: 납일(동지 뒤의 셋째 미일(未日)에 조정에서 종묘와 사직에 제사를 드림)에 임금이 가까운 신하에게 나누어 주던 약.

49) 석명: 사실을 설명하여 내용을 밝힘.

50) 횟수: 장기, 바둑에서 빗보고 잘못 둔 수.

51) 월여: 한 달 남짓.

52) 종루鍾樓: 종을 달아 맨 누각.

53) 취두鷲頭: 전통건축의 용마루 양쪽 끝머리에 얹는 상징적인 장식물.

아하! 그때는 이랬군요

　공민왕은 고려 31대 왕으로 충숙왕의 둘째 아들. 이름은 전이
며 몽골식 이름은 빠이앤티무르伯顔帖木兒.

　전례에 따라 볼모로 12세에 원의 연경에 가서 10년 정도 살았
고 어머니가 고려 사람인 관계로 두 차례의 왕위 계승에서 실
패하다 21세 때 원나라 위왕의 딸 노국대장공주와 혼인하고 2
년 뒤 23세(1351년)에 왕위에 오를 수 있었다.

　왕위에 올라서는 원나라의 지배에서 벗어나고자 친원파를 제
거하고, 100년 간 존속한 쌍성총관부를 공격해서 철령 이북의
땅을 되찾았다. 홍건적이 침략해 개경을 포위하자 안동까지 피
난을 가기도 했고, 지지 세력이 없는 가운데서도 과감한 개혁
정치를 추진하여 권문세족들의 강력한 저항에 직면하기도 했
다. 비록 정략결혼을 했지만 노국대장공주를 끔찍이 사랑했고
의지하면서 국정을 운영하였다. 그런 노국대장공주가 난산으로
죽자, 식음을 전폐하고 육식을 하지 않을 정도로 큰 슬픔에 빠
져 오랫동안 백성의 고통을 외면하고 대규모의 토목공사와 불
사佛事에만 매달렸다.

　홍건적의 난을 피해 안동으로 몽진할 때 호위했던 김원명의
천거로 신돈을 알게 돼 친분을 이어오다 노국대장공주가 죽자

그를 통해 많은 위로를 받고 급격히 가까워졌다.

신돈이 공민왕의 신임을 받아 왕의 사부로서 국정에 참여하게 된 것은 공민왕 14년(1365년)이었다. 신돈을 등용하여 개혁정치를 이어갔고 전민변정도감(억울하게 땅을 빼앗긴 사람은 땅을 찾게 해주고, 억울하게 노비가 된 백성은 다시 양인으로 신분을 찾아주는 일을 했던 관청)을 설치하게 하여 신돈은 백성들로부터는 성인으로 추앙받았다.

신돈은 과거시험 자체를 아예 폐지해 버렸는데 이 때문에 제사를 주관하는 관청에서는 소지나 축문 한 장 제대로 쓸 줄 아는 사람을 찾기가 어려울 정도였다고 한다. 신돈은 자신을 배척하려는 구귀족들의 움직임이 심상치 않게 돌아가자 음양설을 내세워 공민왕에게 자주 천도를 권유했고 사심관제를 부활시켜 5도 사심관이 되려하자 그를 절대적으로 신임하던 공민왕의 생각도 달라지기 시작했다. 신돈은 결국 반대세력의 음모로 체포되어 수원으로 유배되었다가 곧 참살당하고 말았다.

본래 여색을 좋아하지 않던 공민왕은 노국공주가 죽은 후에도 후궁들을 찾지 않았지만 신돈의 비첩인 반야는 총애하였다. 공민왕의 사랑을 받은 반야는 아들을 낳았고 이가 공민왕을 이어 왕위에 오른 우왕이다. 어렸을 적 이름은 무니노였다.

어머니(명덕태후)의 반대로 세자로 삼지 못하다가 궁인 한씨의 소생이라고 발표한 뒤 공민왕의 아들로 인정받았다. 이후 우왕은 반야의 아들이라는 사실 때문에 '우왕신씨설'을 내세운 이성계 세력에 의해 폐위되고 죽임을 당했다.

공민왕은 1372년 자제위子弟衛를 두었는데 자제위는 형식상 왕의 경호를 담당했지만 실질적으로는 미소년들로 구성된 귀족 자제들의 집단이었다. 왕은 이들과 풍기 문란한 놀이를 즐겼다. 자제위 출신들과 동성애를 가진 건, 믿고 열정을 쏟았던 신돈과의 정치 개혁이 실패하여 마음 둘 곳을 찾지 못한데다가 노국대장공주에 대한 그리움까지 겹쳐 이상 증세를 보였을 것으로 추정된다.

태후가 무니노를 세자로 허락해 주지 않자 후사를 얻을 욕심으로 자제위 출신들과 비빈들을 강제로 합방시켰으나 모두 거부하는 바람에 뜻을 못 이뤘지만 칼로 위협한 익비 한씨의 경우는 임신까지 하게 됐다.

결국 환관 최만생과 자제위 홍윤 등 이 사실에 연관된 사람들에 의해 잔인하게 시해당했다. 이때 왕의 나이 45세였고 공민恭愍은 명나라에서 받은 시호이다.

그림과 글씨에도 뛰어나 '천산대렵도', '노국대장공주진眞', 부석사 무량수전의 현판 글씨가 전한다.

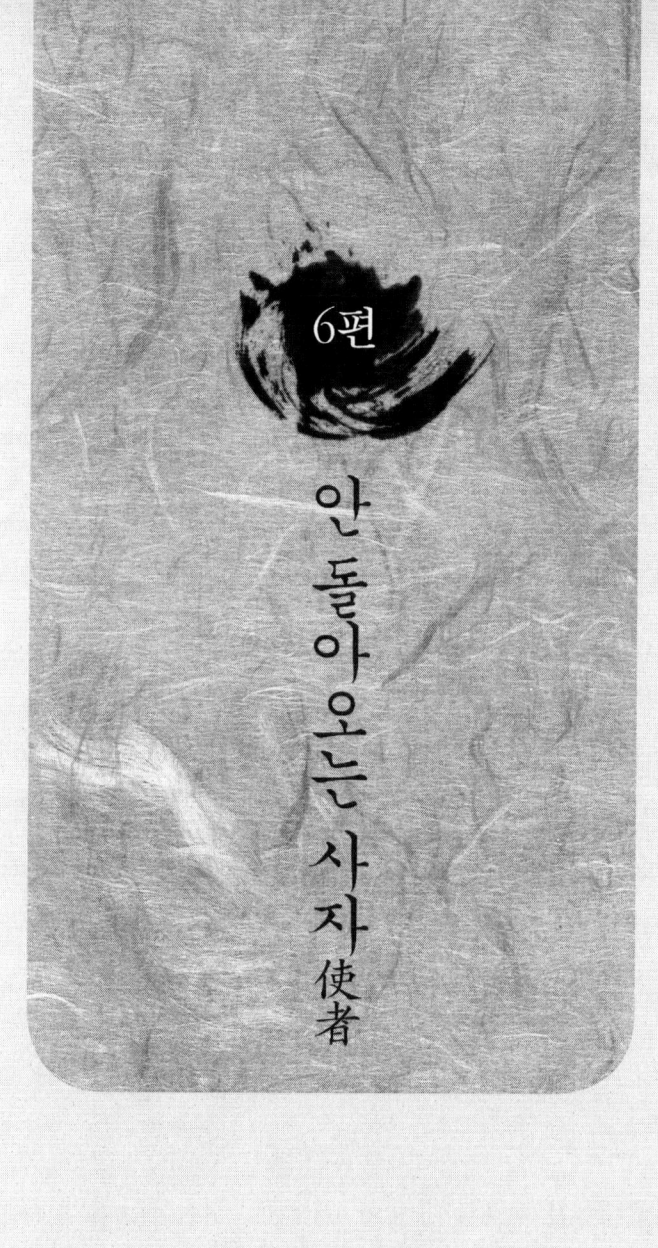

6편

안 돌아오는 사자
使者

안 돌아오는 사자

使者

"또 한 놈."

"금년에 들어서도 벌써 네 명쩬가 보오이다."

"그런 모양이다. 하하하하."

용마루가 더룽더룽 울리는 우렁찬 웃음소리였다.

"어리석은 놈들. 무얼 하러 온담."

저편 행길에 활을 맞아 죽은 사람들, 누각에서 내려다보며 호활하게 웃는 인물. 비록 호활한 웃음을 웃는다 하나, 그 뒤에는 어디인지 모를 적적미가 감추어 있었다. 칠십이 가까운 듯하나 그 안색의 붉고 윤택 있는 점으로든지, 자세의 바른 점으로든지, 음성의 우렁찬 점으로든지, 아직 젊은이를 능가할 만한 기운이 넉넉하여 보였다.

"인제도 또 문안사問安使[1]가 오리이까?"

"또 오겠지. 옥새가 내 손에 있는 동안은, 연달아 오겠지."

"문안사들이 가련하옵니다."

"할 수 없지."

함흥 본궁에 돌아와 계신, 이씨 조선의 건국자이신 태조 이성계. 지금의 위계로는 태상왕太上王[2]이시었다.

태상왕께서 당신의(생존한) 맏아드님 방과芳果(정종대왕)께 왕위를 물려드리고, 이 함흥 본궁으로 오신 지도 이미 수개 년. 그때 위를 받으셨던 정종대왕도 이미 퇴위하시고, 태상왕께는 다섯째 아드님이요 정종대왕(이제는 상왕)께는 아우님이 되시는 방원芳遠이 등극하신 지도 또한 몇 해가 지났다.

함흥 본궁에 한거해 계시고 인젠 세상 잡무는 모르신다고 표면에 이렇게 되어 있었지만, 그 이면에는 여러 가지의 사정이 있었다.

서울 왕에게서 함흥 계신 태상왕께 문안사가 오면, 태상왕은 만나 보시지 않고 오는 문안사마다 모두 멀리서 활로 쏘아 죽여 버렸다. 이전 고려조에 신사臣仕할 때부터 명궁의 이름이 높던 태상왕의 살은, 벌써 수십 명의 왕사를 만나지도 않고 죽여 버렸다.

옥새라 하는 것은 당연히 왕이 가지셔야 할 것임에도 불구하고, 태상왕은 당신의 손으로 아직도 옥새를 맡아 가지고 계시고 아드님께 물려주지를 않으셨다.

말하자면 왕위를 물려받으신 정종대왕이며 그 뒤를 또 물려받으신 태종대왕은, 왕의 위에는 오르셨다 하나 왕위를 증명하는 옥새는 그냥 태상왕의 손에 있었다.

마음이 오직 착하시기만 한 상왕(정종대왕)은, 옥새 없는 왕위를 이 년간을 그냥 지나셨지만, 패기만만한 현왕은 이런 허명의 왕위에 만족할 수가 없으시기 때문에, 문안을 겸하여 옥새를 달라하려 연하여 왕사를 함흥으로 아버님 태상왕께 보내셨다. 그러나 그 왕사는 함흥까지 가기는 가지만, 살아서 돌아오는 사람이 없이 모두 태상왕의 살 아래 애처로운 혼이 되었다.

호활하고 뇌락[3]한 기품의 태상왕.

"하하하하."

칠십 노인답지 않은 호활한 웃음으로 이 세상을 눈 아래로 굽어보시는 듯이 마음에 아무 구애되는 일도 없으신 양으로 지내시지만, 태상왕의 가슴 깊이는 남의 헤아리지 못할 큰 근심이 숨어 있었다.

무너져가는 고려의 사직을 둘러엎고, 여기 이씨 조선의 크나큰 기업을 세워는 놓았지만, 이 기업이 흠집이 생기지나 않을까. 아직 자리 잡히지 않은 이 기업, 그 출발에 조그만 착오라도 있으면 장래에는 그것이 얼마나 벌려질지 알 수가 없을 것이다. 처음 출발을 바로 하지 않으면 안 될 것이다.

그런데 이 이씨 기업의 출발에 벌써 좋지 못한 그림자가 띠었다.

돌아보건대 당신 재위 시의 일이었다.

진안대군, '정종대왕', 익안대군, 회안대군, '태종대왕', 덕안대군, 이렇게 여섯 왕자가 초후初后 한씨에게서 탄생한 분들이었다. 무안대군(방번), 의안대군(방석), 이렇게 두 분이 계비繼妃 강씨의 탄생이었다.

여덟 분의 왕자를 거느리시고, 일국의 지존의 위에 계신 당년의 태상왕이었지만 가정적으로 매우 불쾌하고도 참담한 일을 겪으셨다.

태상왕의 전비 한씨는 태상왕이 아직 이씨 조선을 건국하시기 전에, 한낱 무장의 아내로서 세상을 떠났다. 그 뒤에 맞은 계비 강씨는 만고절색이 일컬을 만한 아리따운 여자였다.

태상왕은 매우 이 계비 강씨를 사랑하였다. 그리고 계비의 소생인 두 왕자, 방번, 방석을 또한 유난히 사랑하셨다. 사랑하는 이의 몸에서 난 왕자며 그 위에 또 아직 어린애니까 사랑하시는 것이 당연하였다. 이 유난히 사랑하시는 점을, 좀 다른 의미로 본 사람에, 왕비 강씨와 총신 정도전鄭道傳, 남은南誾 등이며 전비 탄생의 방원 등이 있었다.

비 강씨며, 정, 남 등은 왕(지금의 태상왕)께서 계비 탄생의 두 아드님을 유난히 사랑하시는 점을 이용하여 계비 탄생인 방석을 세자世子로 책봉하게 하도록 운동을 하였다.

이 밀모가 비밀히 진행되는 동안, 눈치 빨리 이 기수를 챈 사람은, 전비 탄생의 제오 왕자 방원(후의 태종대왕)이었다.

제오 왕자 방원. 성미가 괄괄하고 그 패기며 야심이 만만한 인물인 방원은, 이씨 조선의 공에 있어서는 내부乃父[4]인 태조보다도 오히려 더 많다 할 수 있는 인물이었다.

아직 고려조에 신사하던 시절의 이시중(이성계)이 유예미결하는 일이 있을 때마다 아버지를 격려하고 충동하여, 드디어 이씨 건국의 대사업을 성취케 한 건국 제일 공자였다. 주저하는 아버님을 격려하여 고려 충신 정몽주를 선죽교 위에서 박살[5]한 것도 방원이었다. 주저하는 아버님을 뒤받쳐서 수창궁[6]에 즉위케 한 것도 방원이었다.

이만치 이씨 조선 건국에 있어서 제일 공을 가지고 있는지라, 아버님 왕만 퇴위하시면 당연히 자기가 그 위를 잇게 될 것으로 굳게 믿고 있었으며, 정식으로 세자의 책봉은 받지 않았지만 세자로 자처하고 있었다.

그런데 여기 의외에도 자기와는 배다른 동생 되는 방석을 끼고 어떤 밀모가 진행되는 듯한 눈치를 볼 때에, 그는 이를 묵과할 수가 없었다. 이리하여 이씨 조선 개국 초에 벌써 왕족끼리의 살육이라는 불길한 사건이 일어났다. 방원은 자기를 도우려는 몇몇 신료의 무장을 인솔하고 적대편인 정도전, 남은 등의 무리를 모두 죽이고 그 위에 나아가서는 자기의 이복동생 되는 방번, 방석까지 죽여 버렸다.

이것이 소위 '방석의 변'이라는 것이다. 개국 벽두에 생긴 이 참변에 태조께서는 크게 깨달은 바가 있었다.

이씨 조선의 만년지계를 도모하려면 먼저 왕위계승의 순서를 세워야겠다. 왕위는 왕의 맏아들이 이을 것, 맏아들이 일찍이 없었으면 왕장손이 이을 것, 왕장손도 없는 경우에 한해서, 연장자의 순서로 왕자 중에서 왕위를 이을 것. 이러한 순서를 세워놓지 않으면 왕위계승 문제 때문에 이씨 자손은 대대로 다툼이 끊일 날이 없을 것이다.

왕도 사람인 이상에는 어찌, 많은 아들 중에, 특별히 귀여운 자식과 미운 자식이 없지 않으랴. 왕자들도 사람인 이상에는 반드시 맏아들이 공이 크고 작은 아들이 공이 적게는 될 수 없을 것이다. 그러나 이 애증의 염을 초월하여, 공의 유무를 막론하고, 출생의 순위로써 왕위를 계승한다는 철칙을 일찍부터 세워둘 필요가 있다.

이리하여 태조는 황황히 당신의 생존한 왕자 중의 맏이 되시는 방과에게 선위를 하시고 당신은 개경으로 다시 함흥으로 피하신 것이었다.

그러면서도 그래도 마음에 걸려서 안심이 되지 않는 것은, 다섯째 아드님 방원의 너무도 큰 야심과 패기였다.

왕위를 떠나 상왕이 되셔서 함흥으로 떠나실 때에도 이것이 그냥 근심스러워서 상왕은 방원을 조용히 부르셨다.

"형왕을 도와라. 아직 자리 잡히지 않은 이 사직을 보전하기에는 형왕은 너무도 착하다. 네가 도와라. 너밖에는 도울 만한 사람이 없다."

하고 타이르셨다.

이때의 방원의 대답은 무엇이었던가?

"네……."

하고 대답은 하였다. 그러나 분명히 불쾌한 안색이었다. 형이 이 사직을 지킬 만한 능력이 없음 직하면 왜 제게 물려주시지 않았습니까 하는 듯한 태도였다. 상왕은 알아보셨다. 알아보시고 속으로 몸서리쳤다.

상왕이 신왕에게 옥새를 전하시지 않고 그냥 가지고 가셨다는 점을 안 것은, 상왕이 벌써 함흥에 도착하신 뒤의 일이었다.

상왕은 옥새를 가지고 가셨다. 선위를 하면 당연히 신왕께 전해야 할 옥새를 상왕은 그냥 가지고 가신 것이었다.

옥새 없이는 선위를 못하는 것. 이번에 신왕에게는 선위를 하였지만, 이 신왕은 자유로이 선위를 못하시리라 하시는 상왕의 심려였다. 당신만 함흥으로 가시면, 방원은 반드시 이 착하신 형왕을 육박[7]하여 방원 자기를 세자로 책봉케 하고, 그 뒤에는 또 형왕을 육박하여 퇴위케 하고, 방원 당신이 설 것을 짐작하신 상왕은, 옥새를 가지고 가서서, 이런 자유를 금하시려는 수단으로, 신왕께 전수하시지 않은 것이었다.

그러나 이 상왕의 계획도 수포로 돌아갔다. 옥새가 없으니 정식 공문으로는 수수가 되지 않을 것이지만, 실제의 왕위 수수는 옥새가 없더라도 하리라는 점을 상왕은 잊으셨다.

상왕이 함흥으로 가시기가 바쁘게 서울서는 왕사가 함흥에 뒤

따랐다. 그리고 방원이 세자로 책립되었다는 것을 상계[8]하였다.

상왕은 벌컥 노염을 내셨다.

"그런 세자는 나는 모른다. 왕 전하께서는 왕자가 있지 않으냐."

그 뒤를 연하여 세자책봉의 국서에 어새를 눌러야 할 터이니, 옥새를 보내 주십사 하는 왕사가 이르렀다.

"모른다, 몰라. 그런 세자는 나는 모른다."

상왕은 버티셨다.

그러나 이때 상왕은 분명히 직각하셨다. 이후 대대로 왕위 계쟁 때문에 유혈극이 반드시 일어날 것을······.

일 년이 지난 뒤에, 왕은 퇴위하시고 세자 방원이 등극하셨다는 왕사가 함흥 본궁에 오게 되었다. 옥새 없이도 왕위는 변동이 된 것이다.

이리하여 아직껏 상왕은 태상왕이라는 존호를 받게 되시고, 왕은 상왕이 되시고 방원이 신왕이 되셨다. 즉, 태종대왕이시다.

한낱 허수아비와 같은 옥새를 붙들고 혼자 버티시던 상왕(인제는 태상왕)은 이 일에 드디어 격노하셨다.

공으로 보아서, 역량으로 보아서, 인심으로 보아서, 또는 기품으로 보아서, 여러 모로 뜯어보든 간, 왕의 자격에 일점의 부족도 없는 신왕이지만, 이씨 장래의 영원지책으로 보아서 이 몸서리칠 일에 태상왕은 너무도 불쾌하시기 때문에 그 보도가 이른 뒤 한동안은 수라도 잘 받으시지 못하였다.

"고약한- 고약한-."

연방 불쾌하신 듯이 이렇게 말씀하시며 침을 허투루 뱉으시고 하였다.

그 뒤부터 소위 후세에 이르는바 함흥차사의 사건이 생겼다.

이 불충, 불효, 부제의 신왕을 좋이 볼 수가 없으신 태상왕은 신왕을 왕이라 보시지 않았다.

형왕의 위를 물려받으신 신왕은, 당신의 이 지위를 정식으로 고정케 할 필요상 옥새를 가져 와야겠으므로, 연하여 문안사를 함흥 본궁 태상왕께 보냈다. 그러나 태상왕은 그 문안사를 한 번도 만나 보시지 않았다.

멀리서 말을 달려서 오는 인물의 일행이 벌써 서울서의 문안사로 짐작되시면, 곁에 상비해 둔 활로써 쏘아서 문안사가 궁문에까지도 이르러 본 적이 없었다.

"하하하하."

문안사를 활로 쏘아서 거꾸러뜨리신 때마다 태상왕은 시신들 앞에서는 호활한 웃음으로써 그 내심은 감추시고 하셨지만 벌써 칠순이 가까운 움직이기 쉬운 마음은 매우 괴로우셨다.

"또 한 놈!"

그러나 서울 계신 왕은 마치 태상왕과 경쟁을 하시자는 듯이, 돌아올 길 모르는 문안사를 그냥 연하여 보내셨다.

"아직도 뉘우칠 줄을 모르고…… 아아, 이씨도 오래 가지 못하겠구나."

　홀로 자리에 드서서 멀리 서울 일을 생각하시며, 또는 지나간 해의 장쾌하던 기업을 회상하실 때에는, 이 늙으신 영웅의 눈에서도 하염없이 눈물이 흐르고 하였다.

　태상왕의 이 원대하신 심사는 모르고 문안사를 없이할 때마다 '왕보다도 더 높은 이'의 직신이라고 멋없이 기뻐하는 시신들을 보실 때에는, 더욱 적막감과 불쾌감을 금하실 수가 없었다.

　이러한 가운데서 지나시는 세월은 일 년 또 일 년.

　신왕도 태상왕께는 친아드님. 왜 부자지간의 정이야 없으랴. 더욱이 이씨 조선 건국의 제일 공을 가지신 신왕이시매 신임하시는 생각인들 왜 없으랴.

　그러나 오래 이 세상에 살아 계시기 때문에 얻으신 많은 경험으로 미루어, 사사로운 사랑이나 의리보다도 더 큰 곳을 바라볼 때에, 믿지 않은 사람을 믿게 안 보실 수가 없고, 싫지 않은 사람을 책하시지 않을 수가 없으셨다.

　이렇듯 보내는 문안사마다 모두 태상왕의 노염을 차서 참변을 보고하는지라, 왕께서도 좀 더 생각해 보시고 사신의 인선人選에 좀 유의하서서, 태상왕의 이전 고려조 신사臣仕시대에 친교가 있던 성석린成石璘을 뽑아 보내보셨다.

　성석린은 이전에 태상왕과 친교가 있더니 만치 살 끝의 고혼 됨은 면하였지만, 태상왕의 맘을 풀게 하지는 못하였다.

이리하여, 서울 왕궁과 함흥 태상 왕궁의 새에는, 돌아올 길 없는 차사만 연하여 오고 또 오고. 날이 가고 달이 가고 해가 가도 같은 일이 헛되이 반복 또 반복될 뿐이었다.

판승추부사判承樞府事[9] 박순朴淳.

대궐에 있어서 태상왕과 왕의 새에 이런 불상사가 뒤를 이어서 생겨나는 것을 볼 때에, 이 의에 깊은 재상은 이 일을 그냥 볼 수가 없었다. 그래서 그는 왕께 자청하여 함흥까지 사자로 가기로 하였다.

가면 십중팔구는 못 돌아올 몸임을 모르는 바가 아니로되, 임금과 나라를 위하는 적성으로 그는 늙은 몸의 마지막 봉사를 하려 억지로 왕의 윤허를 얻어가지고, 함흥으로 길을 떠났다.

육로 수로 천여 리. 함흥까지 이르러서 멀리 행재소[10]가 보일 만 한 곳에서 박순은 하인들도 모두 떨구었다. 그리고 스스로 어미 말 한 마리와 새끼 말 한 마리를 끌고 행재소로 향하였다.

바라보매 멀리 행재소 누각에 앉아서 담화를 하고 있는 몇 개의 인물. 그 가운데 중심이 되어 있는 인물은, 일찍이는, 여조麗朝에서 동료로 지냈고, 그 뒤에는 같이 힘을 아울러서 이 나라를 개척한 뒤에, 처음에는 상감으로서 다음에는 상왕으로서 지금은 태상왕으로서, 한결같이 자기의 경애의 염을 바쳐서 마지않는 그 노우老友임에 틀림이 없었다.

행재소에서 이 박순을 발견한 모양이었다. 이 근처에서 보기

쉽지 않은 높은 관원을 발견한 행재소에서는 모두들 박순의 편을 주의하고 있다.

이것을 보고 박순은 길가 나무에 끌고 오던 새끼 말을 비끄러매었다. 그리고 어미말만 끌고 행재소 정문으로 향하야 길을 더듬었다.

"전하!"

여러 해 만에 옛날 벗의 앞에 꿇어 엎드린 박순.

'전하'의 한 마디밖에는 말이 막혀서 나오지를 않았다. 눈물만 비 오듯 쏟아졌다.

그때에 저편에서 들리는 기괴한 소리. 돌아보니 행길에 남기고 온 새끼 말이 어미를 찾느라고 부르는 애호성이었다.

행재소 안뜰에 매어둔 어미말도, 제 새끼의 애호성에 마음 안 놓이는 듯이 연방 귀를 기웃거리며 발로 땅을 긁으며 부시럭거렸다.

"원로에 어떻게 오셨소?"

옛 벗에게의 태상왕의 음성도 부드러웠다.

"네이. 전하, 승후[11]치 못한 지 사오四五 성상[12]."

말을 더 계속할 수가 없었다. 차차 더 요란스러워 가는 새끼 말 어미말의 애호성에, 이 행재소는 때 아닌 전쟁이 일어난 듯하였다.

"저게 뭐냐."

태상왕이 이 너무나 요란한 소리에 근신들에게 이렇게 물으실 때에 박순이 대신으로 대답하였다.

"전하, 신의 죄로소이다. 신이 끌고 오던 새끼 말을 행길에 버려두었더니, 새끼는 어미를 찾느라 어미는 새끼를 찾느라, 이렇듯 요란한가 보옵니다. 미물이나마 모자지정은 인간과 다름이 없는가 보옵니다."

힐끗 쳐다보매 태상왕의 한순간 찌푸리시는 눈살. 동시에 용안 전체를 스치고 지나가는 처량한 기색.

박순은 행재소에 수일간 묵었다. 그러나 이 노련한 유세객遊說客은 한 번도 직접 태상왕께 대하여 신왕을 관대히 보시라고는 여쭙지 않았다. 기회 있을 때마다 매어두고 어버이와 자식 간의 정은 끊을 수가 없음을 내비친 뿐이었다.

태상왕은 마음으로 신왕을 믿게 보시는 것이 아니었다. 칠십 만로晚盧이신 태상왕이요 그 위에 그의 전후비를 통하여 여덟 분이나 두셨던 왕자 중에, 맏 아드님 진안대군은 잠저潛邸 시에 벌써 돌아가시고, 회안 무안 의안의 삼대군은 모두 정치상 알력으로 참화를 보시고, 겨우 남아 계신 분이 세 아드님이시매, 미울 까닭이 없으셨다. 단지 순서 없이 왕위에 오르신 점을 아름답지 못하게 보신뿐이었다.

박순이 묵어 있을 동안, 태상왕은 할 수 있는 대로 박순과 단둘이 계실 기회를 피하셨다. 이 오랜 벗을 만나시기가 괴로우셨다. 인정과 도리가 서로 어그러질 때에 어느 편을 취하실지 매우 주저하셨다.

수일 후에 박순은 도로 서울로 길을 떠났다. 그때는, 박순도 태상왕의 마음이 얼마만치 돌아서게 되신 것을 보았다. 자기가 이만치 마음이 돌아서시게 하였으니, 이 뒤 누구 한 사람만 더 와서 회가하시기를 청하면 넉넉히 응하실 만한 자신을 얻었다.

행재소 뜰아래, 박순이 하직하고 떠날 때에 태상왕은 무연히 박순을 보내셨다.

"서로 늙은 몸, 언제 다시 만날는지……"

"전하는 만수무강 하시리라. 신은 벌써 노쇠했으니깐, 앞서서 황천에 갈 밖에는 없겠습니다."

한때는 고려조의 친구로서 서로 손을 맞잡고 일하던 이 두 노인은 주종으로서의 마지막 하직 인사를 주고받았다. 그리고 이것이 진실로 마지막 하직의 길이 될 줄은 태상왕도 뜻도 못 하셨고 박순도 몰랐다.

박순이 행재소 밖으로 사라지매 태상왕의 시신들은 모두 태상왕께 박순 죽이기를 청하였다.

태상왕께서 왕사王使는 모두 죽여 버리는 그 깊은 속사정은 모르고, 단지 '왕사는 죽인다' 하는 사실만 인식할 줄 아는 시신들은, 서로 공을 세우기 위하여 박순을 죽이기를 태상왕께 청한 것이다.

창연한 심사로써 박순을 보내신 직후에, 시신들에게 이런 청을 받으시는 태상왕은, 심중 매우 곤란하였다. 일단 세웠던 법을 이유 없이 다시 거두는 것은 왕법을 흐리게 하는 일, 그렇다고 태상왕은 이 노우는 결코 죽이고 싶지 않으셨다.

이 난문제에 직면해서 태상왕은 한참을 대답 없이 계셨다. 그러다가 비로소 물으셨다.

"누가 갈 테냐?"

누가 박순을 죽이러 가겠느냐는 질문이셨다.

"신이."

"신이 가겠습니다."

제각기 공을 세우려고 덤벼드는 시신들을 태상왕은 딱하신 듯이 보셨다. 이 근신들에게 얼마를 졸리신 뒤에 태상왕은 부득이 이를 허락하시지 않을 수가 없었다.

그러나 시간으로 따져 보아서 이만 때쯤이면 박순은 넉넉히 용흥강龍興江을 건너갔을 때였다.

"강을 벌써 건넜거든 내버려 두어라."

칼을 사자에게 내어 주시며 태상왕은 이렇게 명하시면서, 마음으로는, 늙은 친구여 어서 무사히 강을 건너라고 심축하여 마지 않으셨다.

그러나 그때까지도, 박순은 아직 강을 건너지 못하고 있었다. 도중에 갑자기 몸이 고장이 생겨서 길이 늦어지기 때문에, 칼을 받은 사신이 박순을 따라 뒤미친 때는 박순은 그 발을 겨우 나루에 옮기려 할 때였다.

"박순시 반재강중 반재선朴淳屍 半在江中 半在船."

이라고 개가를 부르며 사신이 돌아와서 태상왕께 복계할 때에, 태상왕은 신하들 앞에서는 그 눈치를 안 보이셨지만 곧 외딴 방으로 몸을 피하셔서 우셨다. 짧지 않은 세월을 동고동락을 하던 벗을, 당신의 손으로 죽이시게 된 그 괴상한 운명을, 목을 놓아 통곡하셨다.

그러나 박순의 죽음은 결코 헛된 죽음이 아니었다. 박순의 죽음으로 말미암아 태상왕은 남환하실 뜻을 결하였다.

첫째로는 밉기는 밉지만 또한 당신의 몇 분 왕자 중에 가장 걸출하신 신왕의 왕자王者적 태도도 보고 싶으셨고, 둘째로는 당신이 세우신 이 기업이 얼마나 착착 자리 잡혔는가, 셋째로는 정치의 중심지인 서울에서 이 점을 관찰도 하고 싶으셨고, 넷째로는 이리하여 늙은 친구의 혼으로 하여금 원을 풀게 하여주고 싶고, 이러한 여러 가지의 이유 아래서 인제 다시 그럴듯한 핑계만 생기면 환경하시기로 내정하셨다.

이런 때에 무학사無學師가 또한 왕명으로 함흥 행재소에 오게 되었다. 일찍이 태조 건국 초에 그 도읍하실 곳을 정치 못하여 고달산高達山 초암草庵에 도를 닦고 있던 고승 무학에게 정도할 땅을 선택케 하였다.

무학은 여러 곳 지형을 살펴보고, 한양을 '以仁王山作鎭面白
岳南山左右龍虎이인왕산작진면백악남산좌우용호(인왕산을 진을 삼
고, 백악과 남산으로 좌우 용호를 삼는다)'하여 정도할 곳이라 하였다.
이리하여 무학의 뜻을 받아서 한양에 정도하신 이래로 신임 깊
으신 무학을 왕은 태상왕께의 문안사로서 보내게 되었다.

태상왕은 뜻 안한 무학 대사의 내방을 반가이 맞으셨다. 그러
나 반가이 맞으면서도 첫 번 물으신 말씀이 이것이었다.

"대사도 또 유세遊說[13]하러 왔소?"

거기 대하여 무학은 빙그레 웃었다.

"전하를 안 지 수십 년, 지금 한거해 계시는 전하의 심심파적[14]
이라도 해드릴까 하고 왔습니다."

수십 일간을 행재소에 묵을 동안, 무학은 태상왕에 대하여 신
왕의 결점만 들추어내었다. 여사여사하니 이도 왕의 잘못이요,
여사여사하니 이도 왕의 과실이라고, 왕의 결점만 들추어내었
다. 그러면서도 태상왕의 동정만 살폈다.

그러면서 관찰한 결과로, 무학은 태상왕이 신왕의 결점만 말
하는 것을 결코 좋아하시지 않는 점을 발견하였다.

십여 일간을 두고 이 점을 상세히 관찰한 뒤에 어떤 날 저녁,
조용한 기회를 타서 무학은 태상왕의 앞에 꿇어 엎드려 탄원하
였다.

"전하. 전하의 세우신 기업이 지금 위태롭습니다. 이제 바로

잡지 않으시면 일껏 세우신 위대한 기업이 허사로 돌아갈까 빈도는 근심하옵니다."

"대사, 그게 무슨 말씀이오?"

이렇게 물으시는 말씀에 대하여 무학은 눈물을 흘리며 복주[15] 했다.

"전하. 모某(신왕을 가리킴)가 죄가 많음은 빈도도 모르는 바가 아니로소이다. 그러나 전하는 못 살피시나이까? 전하의 제諸왕자는 모두 진하옵고 오직 지금 모 한 분만 남아 계시지 않나이까? 상왕 전하(정종)께는 적출 왕자가 안 계시옵고, 익안대군은 명민치 못하옵고, 오직 이 한분이 계시지 않나이까? 이분마저 전하께서 버리시면, 전하 평생신고의 대업을 장차 뉘게 부탁하려 하옵니까? 타성他姓에게 이 대업을 건네주느니보다는, 미우시지만 전하의 혈육께 전하시는 편이 옳지 않나이까? 지금 사직은 정했다 하지만 아직 기초 든든치 못한 이때, 전하의 삼사三思[16]를 원하는 바옵니다."

이 무학의 충간에 대하여, 태상왕은 아무 대답도 안 하셨다. 눈을 푹 감으시고 고요히 앉아 계신뿐이었다.

그러나 미리부터 환경하시기를 내심으로 작정하셨던 일이라, 무학의 청을 기회삼아 오래 떠나 계시던 한양으로 다시 돌아가시기로 하셨다.

그 뒤에도, 수일간을 무학이 두고두고 권할 때에 태상왕은 마지못하시는 듯이 환경의 노부[17]를 준비하라고 시신에게 명하셨다.

이리하여, 태상왕은 옥새를 친히 몸에 지니시고, 아드님 왕께 이를 전하시려, 무학 대사와 함께 함흥 본궁을 떠나서 한양으로 돌아오셨다.

『야담野談』, 1936년

---

1) **문안사問安使**: 조선 시대에 중국 조정에 문안하기 위하여 임시로 보내던 사신.
2) **태상왕太上王**: 자리를 물려준 왕.
3) **뇌락**: 마음이 활달하여 작은 일에 거리끼지 아니함.
4) **내부乃父**: 그이의 아버지.
5) **박살**: 때려서 죽임.
6) **수창궁**: 고려 말 조선 초에 정전(正殿)으로 사용하던 개성에 있던 궁궐.
7) **육박**: 바싹 가까이 다가붙음.
8) **상계**: 조정이나 윗사람에게 아룀.
9) **판승추부사判承樞府事**: '승추부'라는 관부의 으뜸관원, 승추부는 조선 태종 1년에 의흥삼군부라는 군사기구를 개편하면서 생겼고 군기와 왕명출납을 맡은 중추원으로 통합되었다가, 병조에 합병됨.
10) **행재소**: 왕이 상주하는 궁궐을 떠나 멀리 거둥할 때 임시로 머무르는 별궁.
11) **승후**: 웃어른에게 문안을 드림.
12) **성상**: 일 년 동안의 세월.
13) **유세遊說**: 자기 의견을 설파하며 돌아다님.
14) **심심파적**: 심심풀이.
15) **복주**: 엎드려 삼가 아룀.
16) **삼사三思**: 결정.
17) **노부**: 임금이 거둥할 때의 의장.

아하! 그때는 이랬군요

　조선을 건국한 이성계는 원래 함경도 일대의 강력한 호족이었으며 활을 잘 쏘아 홍건적과 원의 침입을 막고 이름을 날리게 되었다. 요동정벌과 왜구 격퇴 등 계속된 승전으로 벼슬도 높아갔고, 백성들의 신망은 물론 신진 사대부들조차 주변에 몰려들었다. 정도전이 이성계가 대세라는 판단 하에 찾아온 것이 대표적인 예이다.

　고려 조정은 온건파와 급진파로 나뉘어 위화도 회군을 계기로 최영을 처형하고 정도전을 통해 온건파 이색과 정몽주를 축출하여 조선을 건국하게 되었다.

　이성계는 6명의 부인과의 사이에 8남 5녀의 자녀를 두었다. 첫째 부인 신의왕후 사이에 여섯 왕자를 두었는데 태종(방원)은 다섯 번째 아들이었다. 둘째 부인 신덕왕후 사이에 두 왕자를 두었고 둘째 아들이 방석이었다.

　태조가 방석(11세)을 세자로 책봉하려고 했을 때 방원의 나이 26세였다. 아버지를 도와 나라를 세우는 데 가장 큰 공을 세운 이방원은 그 세자 자리가 당연히 자기의 것이라고 생각했다. 그러나 이성계의 참모 역할을 했던 정도전과 이성계가 왕위에 오르도록 강력하게 내조한 신덕왕후의 생각은 달랐다.

정도전이 왕권과 신권의 조화를 꾀하는 이상적인 왕도정치를 표방했다면, 이방원은 그와는 달리 강력한 왕권에 바탕을 둔 왕조국가를 지향하여 조선 건국 후 정도전과 이방원은 여러 면에서 대립하는 양상을 보였기 때문에 정도전에게 너무 강한 성격의 이방원이 다음 왕위를 잇는 것은 부담이었다. 또한 신덕왕후 역시 내조의 공을 전실 자식인 이방원이 가져가는 것을 원치 않고 자신의 아들 중 하나가 다음 왕이 되기를 강력히 희망하였다.

　정도전이 이성계 후처 신덕왕후와 손잡고 신덕왕후 아들 방석을 왕세자로 추대하려 하자 가장 정치적 이상이 컸던 이방원은 즉시 이에 맞서 1차 왕자의 난을 일으켜 방석을 제거하고 형 정종을 왕으로 올렸다. 태조와 신덕왕후 그리고 정도전의 이방원에 대한 지나친 경계와 냉대, 이것이 화근이 돼 조선왕조는 건국 초부터 피비린내 나는 싸움을 감수해야 했다.

　아버지 이성계가 버젓이 살아 있는 와중에 일어난 일이었고, 이성계는 이 변란에서 두 아들과 사위까지 잃었고 권력을 차지하려는 자식들의 다툼에 인생무상을 느꼈지만 나눠가질 수 없는 게 권력이었고 왕이 되고자 했던 아들에게 아버지는 극복해야 할 대상이 되었던 것이다.

　1·2차 왕자의 난으로 즉위한 태종에게 동지와 동업자들은 법 위에 군림하는 존재들로서 정치에 큰 부담이 되고 있었다.

그리하여 태종은 강력한 왕권을 향해 남에게도 자신에게도 법과 원칙에 따라 잣대를 똑같이 엄격하게 적용하여 공신들을 숙청하고 외척들을 정리, 심지어 세종대왕(셋째 아들)의 장인인 심온도 외척의 발호를 염려한 나머지 죽이고 말았다.

조사의의 난은 태종 때 있었던 조선왕조 사상 큰 반란사건이다. 조사의는 신덕왕후의 친척으로 1차 왕자의 난이 일어나면서 직위에서 쫓겨났다가 이성계의 영향으로 풀려나 1402년 안변부사安邊府使로 복권되었다. 부임지인 안변에 당도해서는 지방 호족세력들을 규합하였고 이성계는 배후에서 조사의를 심적, 물적으로 지지하였다.

당시 조사의는 태종에게 학대받은 신덕왕후의 원수를 갚는다는 명분 아래 반란을 일으켰다. 초기엔 관군이 패하였으나 태종이 10만의 대규모 인원을 동원하여 진압하자 패하고 말았다. 태상왕 이성계는 조사의를 통해 권력의 탈취를 시도했지만 결국 실패로 돌아갔고 무학 대사의 긴 설득에 결국 한양으로 돌아와 생을 마쳤다.

이후 태종은 강력한 왕권의 확립을 위해 많은 노력을 했고 결국 그 결실은 아들이었던 세종대왕이 정치적 안정 속에 많은 업적을 이루게 하는데 중요한 토대가 되었다.

1392년_ 이성계 즉위(태조가 됨.)

1393년_ 국호를 조선으로 고침.

1394년_ 한양을 수도로 정하고 천도함.

1398년_ 제1차 왕자의 난, 정종(방과) 즉위, 태조는 상왕이 되어 함흥으로 거처를 옮김.

1400년_ 제2차 왕자의 난, 태종(방원) 즉위

1402년_ 조사의의 난, 태조 한양으로 돌아옴.

7편

벌번罰番 반년

벌번 반 년
罰 番

벌번罰番[1] 반 년.

서울 중부 견평방堅平坊[2].

지금(1946년 현재)은 거기 서 있는 건물도 헐리어 없어져서 빈
터만 남았지만, 연전까지는 빈 벽돌집이나마 서 있었고, 그전
잠깐은 화재 뒤의 화신백화점이 임시영업소로 썼고, 그전에는
수십 년간 종로경찰서의 청사로 사용되었고, 또 그전에는 '한성
전기회사가 있던 곳.

그곳은 이태조 한양 정도 후에 순군만호부巡軍萬戶府[3]를 두었
던 곳이다.

순군만호부는 태종 이년에 순위부巡衛府라 이름을 고치었다
가, 삼년에 다시 의용순금사義勇巡禁司라 칭하였다가, 십사 년에
의금부義禁府라 다시 고친 것으로서, 속칭 왕옥王獄[4], 왕부王府[5],
금오청金吾廳, 금부禁府 등으로 불리는 무시무시한 곳이었다.

태고 적부터 변함없이 동쪽으로 떴다가 서쪽으로 넘어가는
해가, 이 날도 여전히 서쪽으로 기울어지고, 집집의 지붕 위로
솟은 굴뚝에서는 마지막 연기까지도 사라지고 고요한 밤이 이

르려 할 때였다.

고요한 밤은 바야흐로 이르려 한다. 그러나 의금부와 그 근처 일대의 공기뿐은, 어디인지 지적키는 힘드나 그다지 고요하지 못하였다. 무슨 중대한 일이 장차 벌어지려는 모양으로, 도사 나장[6]들의 출입이 빈번하고 어디인지 불안한 공기가 돌고 있었다.

때는 광해주光海主 오년.

선조대왕 초엽에 김효원金孝元과 심의겸沈義謙, 두 사람 새의 변변찮은 시비에서 시작된 당쟁黨爭이, 임진 난리라는 커다란 국난 때문에 잠시 가라앉았다가 난리 끝난 뒤부터 또다시 다툼이 시작되어, 그 당쟁 때문에 옥사獄事[7]가 뒤달아 생겨나는 험난한 시절이었다.

그런 시절이니만치 금부의 공기가 평화롭지 못한 것은, 또한 한 가지의 사건이 생겨나려는 징조일시 분명하였다.

그로부터 얼마 전, 동래東萊의 어떤 은상銀商이 적지 않은 은을 말에 실어 가지고 서울로 올라오다가 조령鳥嶺서 불한당 떼를 만나서, 재물과 목숨을 한꺼번에 빼앗긴 사건이 있었다.

포청의 활동으로 그 불한당은 곧 잡혔다. 잡고 보니 그 불한당은, 정승政丞 박순朴淳의 서자 되는 박응서朴應犀였다. 뿐만 아니라, 그 떼거리들이 모두 서庶줄이나마 명문집 자제들이었다.

정부에서는 의심이 덜컥 났다. 아무리 서줄이나마 명문 집 자제들만이 모여서 결당위도라는데, 의심을 두지 않을 수가 없었다. 더욱이 시절이 시절이니만치, 그들의 배후에 무슨 줄이 없나 문초를 단단히 하였다.

이리하여 그들의 입에서 우러나온 토사는 가로되,

"역적 도모를 하였다."

"지금 임금을 내쫓고 영창대군(임금의 이복동생)을 모셔다 임금으로 삼기를 꾀하였다."

"영창대군의 모후母后되는 인목대비仁穆大妃도 물론 아는 바이다."

"인목대비의 친정아버지 되는 연흥부원군延興府院君 김제남도 배후의 인물이다."

놀라운 토사였다.

매에 못 이겨 나온 거짓 토사인지 참말인지는 알 길이 없으되, 그들이 토사한 바의 사건만은 놀랄 만한 일이었다.

인목대비라 하면 선왕 선조先祖의 정후正后이며, 지금 임금의 생모는 아니나 당당한 적모嫡母였다.

또한 사정으로 따져 보자 하여도, 인목대비에게는 불평과 불만이 있을 것이었다. 당신은 선왕의 정후로서, 당신 몸에 영창대군이라 하는 적출嫡出왕자가 있거늘, 적출의 왕위를 계승치 못하고 후궁後宮 탄생의 현 왕이 계승한 데 대하여는, 적지 않은 불만을 품고 있을 것이었다. 환경과 입장이 그러하니까 자식을 둔 어버이의 마음으로 혹은 어떤 다른 생각이 약간 있었을는지도 알 수 없다.

인목대비의 입장이 그러니까 대비의 친정아버지 되는 김제남에게도 그런 불만은 물론 있었을 것이다. 그 위에 김제남은 인목대비보다는 한층 더 불평을 품게 될 이유가 따로 있었다.

그것은 다른 것이 아니라, 지금 임금은 북인北人들을 더 신임하기 때문에, 서인西人인 김제남은 당파적으로도 또한 왕께 불평을 품고 있었을 것이다.

이러한 입장에 있는 사람들인 위에, 박응서의 입에서 놀라운 토사까지 나왔으므로, 역적도모는 믿지 않으려야 않을 수가 없이 되었다.

더욱이 요로要路의 당직자인 정인홍鄭仁弘이며 이이첨李爾瞻등이 모두 북인인지라, 문제는 가장 나쁜 편으로 해결을 짓게 되었다.

그날 밤, 몸을 강뚱히 차린 나장 나졸의 한 무리는 의금부를 나서서 연흥부원군 김제남의 집으로 향하였다.

역적도모를 한 집안은 멸족을 당하는 법이었다. 김제남의 집안은 씨도 없이 없어지게 되었다.

"여보세요."

"누구야."

밖에서 부르는 소리, 그 소리에 응하여 안에서는 놀라 부르짖는 소리, 이와 같은 순간에 문이 황망히 열리며 무엇이 방안으로 굴러 들어왔다.

정신옹주貞愼翁主(선조宣祖대왕의 서庶 따님)댁 내실이었다. 옹주의 남편 달성위達城尉 서경주는 사랑에 있고, 옹주 혼자서 그때 갓 상류사회에 퍼지기 시작한 담배를 피워 물고 누워, 몸종에게 다리를 치라며 위 칸에서 읽는 고담에 귀를 기울이고 있을 즈음이었다.

밖에서 갑자기 인기척이 나더니, 여인이 황급한 소리로 '여보세요' 한 마디 부른 뒤에는 무엇이 방안으로 뛰어 들어왔다.

"무에냐."

옹주는 깜짝 놀라서 화닥닥 일어났다. 그때에 뛰어 들어온 여인은 가슴에 품었던 것을 그 자리에 놓으며,

"부원군 댁 도련님이옵니다. 부탁하옵니다."

한 마디 하고 다시 돌아서서 문 밖으로 나가 도망쳐 버렸다.

돌연한 침입자에 사지가 저려졌던 옹주는, '부원군' 한 마디에 귀가 번쩍 띄었다. 정신을 펄떡 차리고 귀를 기울이니, 담하나 격하여 있는 이웃집(부원군 김제남의 집)에는 무슨 소란이 일어난 모양으로, 곡성이 울려오며 우지끈 뚝딱, 변이 난 것이 분명하였다.

옹주는 사건의 전면을 직각하였다.

왕과 옹주와는 어머니는 다르나마 아버님을 같이한 오누이 간이었다. 궁중과 부원군 댁과의 새의 미묘한 관계를 짐작하는

옹주인지라, 이 밤에 생겨난 이웃집의 소란이 무엇인지 짐작이 갔다.

부원군 댁은 멸족이다. 멸족되는 부원군 댁을, 그래도 씨나마 남겨 두고자 누군(그 집 일가든가 하인이든가)인가 그 댁 도련님(난 지 몇 달이 못 된 갓난애였다)을 옹주 댁으로 들이친 것이었다.

구해주지.

여자다운 인자스러운 감정 아래서, 옹주는 이 갓난애를 보호해 주기로 결심하였다.

"발설 말아, 아예."

그 방에 있던 하인들에게도 엄명하였다.

바로 그때였다.

"문 열어라. 문 열어라."

이 달성부 대문을 부서져라 하고 밖에서 두드리기 시작하였다.

나장들일시 분명하였다.

한 갓난애의 거처를 잃어버린 포리들은, 이웃집들을 모두 뒤지는 모양이었다.

"어찌하리까."

벌떡 떠는 하인배에게 옹주는,

"내가 알아 하마."

하고 갓난애를 몸소 그 품에 안았다.

대문에서는 나장들과 이 댁 하인들과의 새에 한두 마디 시비가 있은 뒤에는, 대문이 열리고 나장들이 우루루 들어온 모양이었다.

먼저 행랑을 다 뒤지었다. 그 뒤에 사랑을 뒤지었다. 내정까지 들어오려 하였다. 내정까지 들어오겠다고 또 시비가 생긴 모양이었다. 그러나 아무리 부마駙馬[8]댁이라 할지라도, 역적의 족속이 숨어 있다는 혐의 아래 왕명으로 나장들을 항거할 수가 없었다.

부마궁의 내실까지 금오랑金吾郎[9]의 발에 밟히기 때문에, 억분하여 치를 떨고 있는 옹주며 이 댁 하인들.

댓돌 아래 딱 버티고 서서 내실을 감찰하는 금부 관원들.

여름이었다. 당연히 모시치마를 입었어야 할 옹주였다. 그런데 옹주가 입은 것은 열두 색 무명치마였다. 무명치마도 아침에 입은 것은 아니요, 낮에 입은 것도 아니요, 방금 입은 모양으로, 대림(화두火斗)[10]발까지도 그대로 남아 있었다. 치마 아래가 유난히 불룩하였다. 금오랑이 의심을 둔 것은 옹주의 치마아래였다.

치마 아래 무엇을 감추었다. 부원군 댁에서 종적을 감춘 그 집 며느리와 손자. 그 손자는 정녕코 지금 옹주의 치마 아래 숨어 있다.

분명히 있다고 보기는 하였다. 그러나 그런 추측뿐으로 달려들어 치마를 들치고 보기에는, 상대자의 지위가 너무나 떳떳하였다.

옹주. 임금의 누이. 달려들어 치마를 들쳐보아서, 거기에 어린
애가 나서기만 하면 문제가 없지만, 헛물을 켜는 날에는 자기의
목이 달아날 것이었다.

분명히 있다 보기는 보았지만, 금오랑은 달려들어 치마 아래
를 검분할 용기까지는 없어서, 댓돌 아래 딱 버티고 서서 우러
러보기만 하였다.

갓난애로 지금 혹은 잠들어 가만있을지는 모르지만, 깨기만
하면 즉시 울어대리라. 치마 아래서 갓난애의 울음소리가 나기
만 하면, 그때야 옹주의 권병[11]인들 무슨 용처가 있으랴.

반 각, 반각이 일각이 되도록 그냥 버티고 서 있었다. 그러나
불룩한 치마는 그냥 불룩한 채로 아무 변동도 없었다.

"야, 다들 갔나 보다. 문 닫고 금침 펴라, 졸린다."

뻔히 자기네가 그냥 있는 것을 굽어보면서도, 옹주가 하인에
게 이렇게 분부할 때는 금오랑들도 더 버티고 있을 핑계가 없어
서 부마 댁을 나왔다.

금오랑들이 다 물러간 뒤에 옹주는 치맛자락을 고요히 들쳤
다. 그 아래서는 김제남 댁의 유일의 혈사인 어린애가 그냥 콜
콜 자고 있었다.

"야, 하늘이 너를 살리셨다. 그동안 네가 깨지 않고 그냥 잤으
니, 이것은 하늘이 너를 죽이기 싫어하심이다."

갓난애를 품에 품어 올릴 때는, 옹주의 얼굴에는 이 너무도

신기하고 기이한 일 때문에 감격된 빛이 역연히 나타나 있었다.

이리하여, 멸족을 당한 김제남의 집안이건만 정통 후사는 끊기지 않았다.

정권은 완전히 임금과 이 임금이 신임하는 북인에게로 들어왔다. 남, 서인들은 연하여 멀리함을 받았다.

정권에서 쫓겨난 서인이며 남인들은, 뻑뻑이 여기저기로 숨어다녔다. 이 임금이 그냥 위에 있을 동안은 자기네의 신상에는 다시 꽃필 날이 절대로 없을 것이다. 이체를 따르고 권을 좇는 것은 사람의 본능이라, 이와 권에서 쫓겨난 서인이며 남인들은 자기네의 손아귀 안에 다시 권과 이를 잡아넣기 위하여서는, 이 임금을 위해서 내어보낼 필요를 절실히 느꼈다.

이리하여 뻑뻑이 숨어 다니며 꾀를 꽤한 결과, 이 임금 십오 년에 서인 김류, 이귀 등 일파가 군사를 일으켜서 이 임금을 위에서 내어 쫓고 정권을 자기네의 손아귀에 집어넣었다.

이 서인의 일파가 정권을 잡으면서, 북인의 종자라고는 씨도 없이 없애 버리려고 얼마나 극단의 처치를 하였던지, 북인이라 지칭을 받은 사람들은 모두 죽여 버려서, 겨우 스물여덟 집만이 액화를 면하였다. 후에 이르는바 북인 이십팔가北人二十八家라는 것이 이것이다.

이렇듯 북인이 참패를 하고 다시 서인이 정권을 잡는 동시에, 그때부터 구년 전 정신옹주의 치마 아래서 겨우 죽음을 면한 이래, 지금껏 행방을 숨겨가면서 겨우 모진 목숨만 붙여 오던, 연흥부원군 김제남의 후사 소년도, 다시 광명한 일월 아래 머리를 내놓게 되었다. 뿐더러 인목대비의 친정 조카요, 옛날 희생된 명가의 유일한 혈손으로서 서인 일파의 환호와 지지 아래서, 이 소년은 다시 귀현의 열列에 서게 되었다.

그로부터 160여 년 간, 정권은 오로지 서인들이 독점하게 되었다. 때때로 남인이 머리를 끼어본 일이 있지만 이것은 예외요, 서인 홀로써 160여 년 간을 호화로운 꿈속에 잠겨 살았다.

북인?

겨우 이십팔 가만 남은 북인들은, 낙향을 하여 정권에는 다시 손 대볼 염도 내지를 못하였다.

이러한 가운데서, 광해주 오년 김제남 사건이 일어날 때 이웃집인 달성위 댁에서 옹주의 치맛자락 아래서 겨우 모진 액화를 면한 갓난애의 후손들은 대대로 높은 벼슬을 하였다.

160여 년 간을 흘러 내려와서 정묘正廟 초엽.

때의 정승 김욱金燠은 연흥부원군 김제남의 봉사손[12]이었다.

"자. 인젠 바둑은 밀어 놓고 이야기들이나 하지."

"그러세."

여기는 약현藥峴, 지금으로 이르자면 중림中林동 천주교 예배당이 있는 그쯤이었다.

세칭 약현대신으로 불리는 김욱 상공댁 작은 사랑에는 이 댁

아들 김재찬金載瓚을 비롯하여 몇몇 소년 공자들이 놀고 있었다. 아직은 모두 당하관堂下官[13]이나마, 원임原任[14] 혹은 시임時任[15] 대신들의 자제로서 장래의 상위 한 자리씩은 염려 없이 돌아올 집안 자손들이었다.

"이야기 말이 났으니 말이지, 참 이창운李昌運 영감이 등단登壇을 했다지?"

"흥."

소년 공자들의 얼굴에는 한결같이 조소의 그림자가 스치고 지나갔다.

"했다나부데."

"등단? 흥."

문신으로 상열에 오르는 것을 대배大拜라 일컫고, 무신으로 대장에 오르는 것을 등단이라 한다.

160여 년 전 북인이 함멸을 당하고 겨우 이십팔 가가 남았던 그 한 사람의 후손이 이창운, 이 서인의 서슬 푸르른 시절에 어영대장御營大將[16]에 오른 것이었다.

여기 모인 소년들은 모두 서인의 자제요 문신의 자손이라, 무신 따위는 우습게보고 북인 따위는 존재도 인정치 않는 소년들이었다.

"흥. 등단이 다 뭐야."

"등단이나 했지 대배야 염엔들 내겠나?"

"등단도 분에 넘치지."

"호반虎班¹⁷⁾자리야 다 차지하라지."

한결같은 조소가 나왔다.

물론 이 소년들에게 대장의 인부를 준다 할지라도, 도로 싫어할 것이었다. 사내 세상에 나서, 백면의 선비가 될지언정 대장이 되랴 무신 따위는 바라지도 않는 소년들이었다.

그러나 북인의 한 사람이 대장의 인부를 띠게 되었다 할 때에, 그들은 약간 불쾌하였다. 저 먹기는 싫어도, 개 주기도 싫은 것이었다.

"여보게, 그런 변변찮은 이야기를 그만두고 다른 이야기들이나 하세."

주인 격 되는 김재찬이가 말머리를 돌려놓았다.

그런데 그날 저녁으로 놀라운 소식, 소식이라기보다 명령이 이 소년 공자 김재찬에게 온 것이었다.

이창운이 등단을 하고서 종사관從事官을 뽑는데 김재찬을 지적한 것이었다. 무신이 등단을 하면, 당하문관 중에서 종사관 한 사람을 지적하여 뽑아간다. 이것을 '자벽自辟'이라 한다.

이 대장은 하고많은 당하문관 중에서 김재찬을 종사관으로 지적한 것이었다.

이것은 김재찬이며 김재찬의 아버지 약현대신뿐 아니라, 온 장안을 깜짝 놀라게 하였다.

이 서인의 서슬이 푸르른 시절에, 북인이 등단을 한 것만 하여도 기적이거늘, 등단하여서 자벽을 하려면, 이름 없는 문관 하나를 뽑아갈 것이지, 서인 중에서도 최고 명문 댁 사자嗣子[18)를 지적하다니, 너무도 대담 무모한 짓이요 의표외의 일이라, 온 장안이 깜짝 놀란 것이었다.

이 자벽에 김재찬이 출사出仕치 않으면 상관된 도리로서 천하에 얼굴을 들지 못할 수치라, 자결이라도 하여야 할 것이었다. 그렇다고 김재찬이 출사할 듯싶지도 않았다. 만약 출사를 하면 이 또한 서인 집 자손으로 정승의 자식으로, 북인 무장의 막하가 된다는 일이라, 연안 김씨 문중의 수치이었다.

태평시대에 배를 두드리고 있던 온 장안은, 이 의외에 던져진 한 개 거파巨波에 눈을 휘둥그렇게 하였다.

과연 김재찬은 출사를 하지 않았다. 자벽 지휘를 받은 그날 밤, 재찬은 역시 벗들을 자기 집에 불러 가지고 질탕한 놀이만 하였다.

"여보게, 종사관."

친구들이 농담 삼아 이렇게 비웃으면 재찬도 역시,

"응, 왜 그러나."

하고 함께 웃어주고 하였다.

이튿날 또 그 이튿날, 어영청에서는 연방 출사하라는 영이 왔다. 그러나 재찬은 모른 체하고 친구들과 모아 가지고 놀기만 하였다.

　그런데 제 사흘째 되는 날은 놀라운 보도가 들어왔다. 습진령習陣令이 내렸다 하는 것이었다. 진은 동작銅雀이었다.

　군관의 인솔한 군졸들이 우루루하니 약현대신 댁에 일로 몰려 들어올 때에, 대신은 퇴조하여 마침 사랑에 있을 때였다. 대신은 군관을 앞마당으로 불러들였다. 인제는 단단히 벌어진 일이었다.

　이창운이 등단을 하고 자기의 아들을 종사관으로 자벽을 하였다 할 때에, 대신도 속으로는 외람되다 보았다. 자기의 아들이 거기에 응치 않은 것도 잘 알고 있었다. 그러나 내심에 이창운을 아니꼽게 보던 차라, 아들에게도 톡톡히 이르지도 않았다. 그리고 대신으로도 자기의 가문과 권도를 믿느니만치 이창운이 차마 최후의 수단이야 쓰랴하고, 그냥 두었던 것이었다. 그랬는데 뜻밖에도 이창운은 최후의 수단을 쓴 것이었다.

　군관을 뜰아래 불러 놓고, 잠시 눈을 감고 생각하고는 대신은 겨우 눈을 떴다.

　"어떻게들 왔느냐."

　"다름이 아니오라 종사관 김재찬을 잡아 올리라는 사또의 분부로 왔습니다."

　"잡아다가는 군율로 시행할 테지?"

　"……."

대신은 잠시 또 생각하였다.

"응, 대문 밖에 나가서 잠시 기다려라. 종사관을 내보내 주마."

"네이……."

도로 물러가는 군관의 뒷모양을 보면서 대신은 청지기를 불렀다.

"안사랑에 들어가서 서방님 부른다고 여쭈어라."

"네이-."

이윽고 나와서 윗목에 읍하고 서는 아들. 사건의 경과를 벌써 안 모양으로 얼굴이 창백하였다. 아버지는 한참을 아들을 쳐다보다가 입을 열었다.

"너 아무리 선비일지라도, 군령을 어기면 어떤 율律을 쓰는지는 알지."

아들은 대답이 없었다. 그냥 눈을 아래로 떨어뜨린 채 읍하고 서 있다. 아버지에게 구원하여 달라는 표정만은 분명하였다.

"나도 일국의 대신으로 앉아서 군법을 무시하라고는 할 수가 없어."

"……."

"너 들어가서 가묘(사당)에 하직하고, 어머님과 처자 권속에게도 작별을 하고, 의관 모두 벗어두고 죄인답게 하고 다시 나오너라."

재찬이 들어가서 하직 작별 다 하고, 맨상투 맨 저고리 바람으로 나올 때에, 대신은 무슨 편지를 하나 재찬에게 주었다.

"되진 않으리라마는, 사또께 드려나 봐라."

편지를 아들에게 주면서 이렇게 말하였다.

동작리 습진터.

당상에 높이 않은 이 대장은, 맨상투 바람으로 결박지고 땅에 꿇어앉아 있는 소년을 굽어보았다.

재상가의 맏아들로 태어났으리만치, 미우에 교양은 넘쳐 있지만, 그 준수한 얼굴이며 명민한 눈은, 잘 가꾸기만 하면 장차 국가에 큰 기둥이 될 것이다. 자기도 일찍이 이 소년의 비범한 기상을 들었기에 종사관으로 자벽까지 하였던 바었다.

소년의 등 뒤에는 환도를 뽑아 들고 영이 떨어지기만 기다리고 있는 형졸.

잠시를 말없이 재찬을 굽어본 뒤에야 이 대장은 비로소 입을 열었다.

"네 죄를 알지."

"황공하옵니다."

"누구를 원망치 말아. 내가 너를 죽이는 게 아니고, 국법이 죽이는 게로다. 마지막 소원이나 있으면 말해 보아라."

땅 위에 죄인은 결박진 채 몸을 약간 움찔움찔 하였다.

"무엇이냐."

죄인은 그냥 몸만 움찔거렸다. 그때 그의 품에 품었던, 아버지 대신의 편지 끝이 옷깃 밖으로 비죽이 나왔다.

대장은 그것을 보았다. 죄인이 움찔거리던 것도 그 때문인 줄 짐작이 갔다.

"그게, 서간이냐?"

"네이."

"네게 오는?"

"네이."

"야, 그 서간 이리 올려라."

군관이 재찬의 품에서 뽑아다 올리는 약현대신의 서간을, 대장은 받았다.

대장은 고요히 편지를 폈다.

"?"

백간白簡이었다. 아무것도 적힌 것이 없었다.

대장은 백간을 펴들고 한참을 들여다보았다. 남 보기에는 거기 씌어 있는 세세사정을 다 읽는 듯이.

백간의 뜻은 명료하였다.

일국의 재상으로 앉아서, 군율을 어긴 자기의 자식을 살려달라고는, 도저히 못할 일이었다. 그것은 법을 어기어라 하는 것과 마찬가지로 책임 있는 재상의 할 일이 아니다.

그러나 또한 사지死地에 나아가는 아들을 그냥 무심히 어찌 보내랴. 살려달라고는 할 수 없고 죽는 것을 묵시할 수도 없어서, 아무 사연도 적지 않은 흰 종이를 대장에게 보낸 것이었다.

한참 동안을 빈 종이를 들여다본 뒤에야 대장은 종이를 접어서 치우며 입을 열었다.

"오냐. 대감의 당부도 계시고 하니, 특별히 참斬은 면하여 주마, 그 대신 오늘부터 반 년 간을 벌번罰番을 들렸다."

땅에 꿇어서 칼이 내리기만 기다리고 있던 재찬은, 이 이외의 처분에 안색이 한순간 창백하여졌다.

번番이라는 것은, 번갈아 들기 때문에 번이라 한다. 그러나 벌번이 되면 그 기간 동안은 줄곧 대두고 번을 들어야 한다.

번이라 할지라도 군졸의 번과는 달라서, 종사관의 번이라, 밤을 새는 것이 아니고, 영 안에서 밤을 지내기만 하면 그만이다.

벌번의 첫날, 동관同官이라 할지라도 무식한 무인들이라 함께 이야기할 거리도 되지 못하고 하여, 동관들이 놀음들을 하며 좋다고 지껄일 동안, 재찬은 먼저 자리에 들었다.

이리하여 한잠을 실컷 자고 나니까 군졸이 들어와서 깨운다. 대장이 재찬을 부른다는 것이었다. 그래서 대장 댁에서 부르느냐고 물어 보매, 댁이 아니라 벌써 출청하셨다 하는 것이었다.

재찬은 하늘을 쳐다보았다. 사면에 별만 반짝이는 품이, 아직 밝으려면 한참을 더 있어야 할 것이었다.

"지금이 어느 때쯤이나 되느냐."

"축시丑時 조금 지나겠습니다."

재찬이 의관을 쓰다듬고 대장에게로 가니까 대장은 기다리
고 있었다.

"응, 이리 가까이 오게."

"……"

지위가 현격히 다르니만치, 아무리 가까이 오라 하나 가까이
갈 수가 없었다. 재찬은 그냥 읍하고 서 있었다.

"자, 이리 가까이 와."

서너 차례를 불리고야 재찬은 가까이로 내려갔다.

대장은 다른 말이 없었다. 품에서 무슨 종이를 꺼내었다. 쭉
펴는데 보니까, 사면 한 간은 넘을 만한 커다란 지도였다.

"여기 와서 앉게."

재찬은 무슨 영문인지 몰랐다. 수삼 차 불리고, 그 앞에 앉았다.

대장은 재찬을 곁에 앉히고 지도를 펴놓은 뒤에, 재찬에게 설
명을 하기 시작하였다.

황평黃平 양도兩道의 지도.

여기서 여기까지가 몇 리里인데 그 가운데는 주막집이 몇 군
데 있고, 이 장거리에서 저 고을까지는 이 길로 가면 몇 리로
지름길로 가면 몇 리며, 어느 장거리에는 장날마다 모여드는 나
락이 대개 몇 석이 되며, 어느 촌락에는 군사 몇 명이 가서 얼
마 동안을 지낼 만한 군량을 거둘 수 있으며, 어느 재는 높이
가 얼마로서 넘기가 어떠할 것이며, 어느 산은 휘돌자면 며칠이

걸리고 넘자면 며칠이 걸리는데, 군사 몇 명 이내면 넘는 편이
쉽고 몇 명 이상이면 휘도는 편이 낫고…….

아침 해가 꽤 높이 오르기까지, 이 대장은 재찬을 앞에 앉히
고 이것을 가르쳤다.

그로부터 반 년 간, 이 대장은 축시가 조금 지나면 꼭 어김없
이 나왔다. 그리고는 재찬을 불러 놓고 황평 양도의 지리 풍속
산물을, 그야말로 세미한 점까지 하나도 빼지 않고 가르쳤다.

처음 며칠은 귀찮기도 하였지만, 차차 재찬도 탄복하였다.

선성先聖의 말씀에나 깊은 뜻이 있고, 연구할 가치가 있는 것
으로 여겼더니 아주 평범한 지리 산물 등도 연구하자면 끝이
없는 것이구나. 얼마나 연구하고 얼마나 생각하였기에 황평 양
도의 좁지 않은 지역을 이다지도 골골이 다 알게 되었누.

한창 정신 좋은 나이였다. 게다가 새벽 정신이 드는 그 시각
에 하루도 건너지 않고 배운 바였다.

벌번 반 년, 반 년 뒤에는(아직 가보지도 못한 황평 양도거니와) 재찬
은 눈만 감으면 황해도의 맨 앞부리로 비롯하여, 평안도의 맨
뒷부리까지가 선연히 눈앞에 보이고, 한 채의 집 한 그루의 고
목까지라도 모두 볼 수가 있게끔 되었다.

이리하여 벌번 반년도 끝난 그 마지막 날이었다.

이 대장은 재찬을 앞에 앉히고 감개무량한 듯이 이런 말을
하였다.

이 대장은 남들이 보는 것과 조금 다른 눈으로 시국을 보았다.

"지금 대국(즉 청국淸國)에 꽤 깊이 침입된 천주학天主學을 관찰하여 보았다. 결코 정녕코 천주학과 동방예의지국과의 새에 한 개 분규가 날 것으로 보았다. 일어난다면 싸움의 무대는 당연히 황평 양도로 볼 것이다."

자기가 대장으로 있는 동안에 사건이 전개되면, 자기 스스로 담당할 것이지만 자기 없는 뒤에 폭발되면 거기 당국할 만한 인재는? 이 대장은 당연히 순서로서 먼저 무신들 중에서 장래 큰 기둥이 될 만한 사람을 물색하여 보았다. 그러나 불행히 한 사람도 그럼직한 사람이 없었다.

그러면? 무신이 그럴 만한 인물이 없으면 문신 가운데서라도 골라야 하겠는데, 문신 가운데서 고르자면 여러 가지의 조건이 붙는다. 인재도 인재려니와 그 집안 문벌을 보지 않을 수 없다.

문신으로서 병어사든가 순무사[19]를 삼을 수는 없는 바요, 문신이 난리에 맡을 벼슬은 체찰사體察使[20]인데 체찰사는 정승 가운데서 뽑는 것이요 정승은 명문 집 자질이래야 된다. 이리하여 이 대장은 명문 집 자제 가운데서 고르고 고른 결과, 종사관으로서 김욱 상공의 사자 김재찬을 골라낸 것이었다.

이 이 대장의 이야기를 다 들은 뒤에 재찬은 감격하여 잠시는 머리를 들지도 못하였다.

그 뒤에 김재찬은 종사관 재직도 끝나고 수삼 곳 방백[21] 살이를 한 뒤에, 내직으로 들어가 정경正卿에 오르고, 정조正祖조를 지나서 순조純祖조에 들어서는 드디어 배상을 하였다. 이 새 대신의 아버지 김욱 상공은 정조 말엽에 세상을 떠났다.

우상에서 다시 좌상으로, 이리하여 재찬이 좌상의 위에 있을 때였다.

어떤 날, 어떤 시골 노인 하나가 김 대신을 찾아 왔다. 사랑에는 문객 겸인의 무리가 그득히 차 있을 때였다. 그 늙은이는 영외에 읍하고 섰다.

"소인 문안드리오."

"?"

누구일까. 꽤 희뜩희뜩한 머리며, 많은 고생 때문에 얼굴 전면에 생긴 주름살로 보아서는, 알 길이 없지만, 어딘지 막연히 낯익은 점이 있었다. 대신은 누군가 판단하려는 듯이 위아래를 연하여 훑어보았다.

"생각이 잘 안 나는데, 누구더라."

"네이. 그러실 것이올시다. 대감과 동문수학하온, 평안도 우군측禹君則이올시다."

"오오!"

하마터면 벌떡 일어설 뻔하였다. 너무도 반가웠다. 반가웠다기보다 너무도 뜻밖이었다.

"이게 웬일인가. 어서 들어오게."

감감한 그 옛날 한 스승의 아래서 업을 닦던 학우였다. 한 스승 아래서 학업을 닦던 적지 않은 학우들 중에, 당년의 소년 공자인 김재찬에게 온갖 방면으로 경쟁자이던 자가 우군측이었다. 뿐만 아니라, 경쟁에 있어서 열이면 여덟은 우군측이 승하였다.

그만치 쉽지 않은 천품을 타고난 우군측이었건만, 그 스승의 문하를 떠나서는 어찌 되었나. 한편은 그 가벌家閥의 덕으로, 오르고 올라서, 지금은 좌상左相이요, 눈앞에 영상領相의 위가 걸려 있거늘, 다른 한편 쪽은 일생을 유전에 또 유전으로 지금껏 땟국 흐르는 도포에 찌그러진 갓 하나를 치켜 쓰고, 인생의 거친 길을 비틀거리며 걸어왔구나.

"자. 어서 들어오게. 그 새 어떻게나 지냈나."

"죽지 않으니 살아 왔습니다."

"여보게. 우…… 우……."

무엇이라 부를지 몰랐다.

"자. 들어오게."

"천만의 말씀이올시다."

그럴 것이다. 아무리 동문수학한 새라 할지라도, 한편은 일국의 대신이요, 한편은 이름 없는 선비, 어찌 감히 영내로 들어오랴.

"자, 정자로 나가지."

대신은 거기 있는 문객 겸인들을 모두 그냥 버려두고, 우군측과 함께 정자로 돌아갔다.

"파탈하고 노세. 이야기라도 하세. 어려서 보고, 늙어서 다시 만났네그려."

파탈하자 하지만 좀체 파탈이 되지 않았다. 대신은 얼마만치 가슴이 도로 송구하였다. 일찍이 어린 시절에는, 학업으로 도로 자기를 누르던 수재秀才. 지금은 그 지위가 전도되기도 너무 과하였다.

그날 술기운도 들어가고, 대신도 할 수 있는 만큼 파탈하려고 애를 써서, 군측의 마음도 얼마간 펴진 뒤에, 군측의 입에서 나온 말은 이런 것이었다.

"여보게 대감. 평안감사에게 수서手書를 하나 써 주게."

"무슨?"

"환곡미還穀米[22] 오천 석만 내게 잠깐 돌려주라는 편지 하나만 써 주게. 그렇게 하면, 나는 그것을 돌려 취리取利를 해서, 일 년간에 오천 석은 도로 갚고, 그간 남긴 것은 그래도 이 늙은 입을 굶기지는 안겠구먼."

"갚기야 한다면야 그것쯤 못하겠나. 내게 손해 없구. 생색 나구, 친구 하나 살리구, 자네가 갚지 않는다면 내가 갚긴들 못하겠나. 그렇게 하세."

"그럼 하나 써 주게."

이리하여 우군측은 김재찬에게서 평안감사에게로 보내는 편지 한 장을 받아 가지고, 치사하고 치사하며 대신 댁을 하직하였다.

그날 밤 자리에 든 대신은, 좀체 잠을 이루지 못하였다. 이 나라의 제도상의 커다란 결함이 새삼스러이 느껴졌다.

지금 조정을 둘러보건대, 과연 어중이떠중이들이 단지 그 집안의 문벌 때문에 금관자金貫子니 환옥還玉관자니 하고 높은 수레에 올라서 장안을 활보하고 있다.

그러한 한편에는, 단지 양반의 집안에 태어나지 못하였다는 죄로, 아까운 재질을 품고도 헛된 일생을 보내다가 그냥 묻혀 버리는 사람이 얼마나 많으랴.

더욱이 이 나라의 제도는, 평안도 사람을 등용하지 않는다. 평안도 사람이라면 상통천문 하달지리 어떠한 기재奇才이든 간에 절대로 높이 써주지 않는다.

여기 불만이 생겨나지 않을까. 불만이 쌓이면 폭발될 날이 있지 않을까?

옛날, 대신 자신의 집안 조상 연흥부원군 김제남이 죽은 사건은, 어떻게 일어났던가. 그것은 이 나라의 제도상, 서자면 제아무리 날고 기는 재간이 있을지라도 높이 안 써주는 불만에서 박응서, 서양갑 등 서자의 무리가 반항적 행동을 위한 데 얽히고 들어, 액화를 보지 않았던가.

서자를 써주지 않는다는 데서도 그런 변란이 일어났거늘, 한 지역 평안도 사람이면 그저 써주지 않는다면, 그런 제도가 끝끝내 서 나아갈까.

더욱이 평안도 사람의 괄괄한 성미로서.

은인 이창운 대장이 황평 양도의 지리를 자기에게 가르쳐줄 때 말에는 외국에 방비함이라 하였다. 그러나 외국도 외국이려니와 평안도라 하는 지역을 삼가는 마음에서 그리한 것은 아니었을까.

천 가지 만 가지의 생각이 뒤섞이어 나와서, 대신은 밤새도록 전전불매하였다.

순조 십일 년 섣달.

설 준비라 새해맞이 준비에 눈코 뜰 새 없는 이 장안에, 놀라운 소식이 들렸다.

평안도 사람 홍경래洪景來가 가산嘉山에서 반란을 일으켰다 하는 것이었다.

삼백 년간 쌓이고 쌓였던 불만이었다. 평안도인은 모두 경래의 산하로 모여들었다. 정주, 곽산, 삽시간에 함락되고 사면에서 홍 장군 환호성이 우레같이 일어났다.

조정에서는 깜짝 놀랐다. 단지 가벌의 덕으로 벼슬깨나 얻어하고, 공자 맹자나 외울 줄 알던 재신들에게는 의외의 일이었다.

이러한 변란에 직면하여 대신들 가운데 군사에 정통한 사람은, 오직 좌의정 김재찬뿐이었다. 김재찬의 의견으로 장신將臣 이요헌李堯憲으로 순무사를 삼아 토벌군을 떠나보냈다.

동시에 김재찬은 영의정 도체찰사都體察使를 배수하였다. 온

문무 재상들이 깜짝 놀란 것은, 수상 김재찬이 황평 양도의 지리를 그야말로 그 근처의 사람보다도 더 밝히 아는 점이었다.

도체찰사로서 토벌군을 지휘함에 있어서, 어느 주막거리 어느 동네에서는 군량 얼마를 징수할 수 있으리라는 그 지휘까지, 여합부절[23]이 맞을 때에, 토벌군의 장졸은 도체찰사의 귀신같은 지혜에 놀라는 동시에 이런 제찰사의 지휘아래서 행동을 하는지라 반드시 이기리라는 굳은 신념으로써 행동하였다.

도체찰사로서 마음에 송구한 것은 우군측禹君則의 사건이었다. 우군측이 평안감사에게 환곡미 오천 석을 돌려간 지 얼마 되지 않아서, 홍경래의 난리가 일어났다. 동시에 홍경래의 참모參謀는 우군측이라는 보도도 이르렀다. 그러면 그 오천 석은 반군의 군량이 됨이 분명하였다.

말하자면 재상이 반군의 군량 오천 석을 마련하여 준 셈이 되었다. 이것이 만약 까딱 뒤집혀 잡히기만 하면, 역당의 일인으로 몰리기가 십상팔구일 것이다.

이 난리 평성에, 도체찰사의 귀신과 같이 밝은 지휘가 커다란 효력을 나타내지 못하였으면, 김재찬은 반드시 역당의 군량을 뒤대어 주었다는 혐의로 벌을 받지 않을 수가 없었을 것이다. 그의 너무도 놀라운 지식으로써 역당을 평정하였으니만치, 그를 의심할 여지가 없었다.

그리고 만약 이 난리에 있어서 도체찰사의 놀라운 지휘만 없었다면, 이 세상은 반드시 한번 뒤집히었을 것이었다. 평안도 사람의 괄괄한 성미로써, 일시에 일어나고 향응하였던 홍경래군은, 넉넉히 조선천지(문약하고 우매한)를 한번 뒤집어 놓았을 것이다.

도체찰사의 귀신같은 지휘와 온 국력을 다하여서도 반 년 간을 끌다가 겨우 평정이 되었다.

논공행상을 한 날 저녁, 집으로 돌아온 영상 김재찬은 눈시울을 흐르는 까닭모를 눈물을 금할 수가 없었다.

홍경래며 우군측을 그르다 할 수 없었다. 자기도 그런 입장에 있으면 그런 행동을 취하지 않으리라고 보증할 수 없었다. 이 나라에 제도가 고약하기 때문에 이런 일이 생겨나는 것이다.

감사하고 또 감사한 것은 은인 이창운 대장이었다.

이 대장께 벌번 반 년 간을 들면서 배운 지식만 없었더라면, 오늘날 이 국가의 평화는 다시 얻지 못하였을 것이다. 십중팔구는 홍씨라는 임금이 서고 평양이 서울이 되고 국호는 고려 혹은 고구려쯤으로 되었을 것이다.

다시 돌아온 평화. 이것은 전혀 고 이 대장의 덕이다. 이 대장은 혹은 전혀 다른 견해 아래서 자기에게 그런 지식을 전수하였는지 모르지만, 국가에 유익하게 사용되기는 마찬가지로, 다시 평화와 조선 왕국을 회복한 것은 전혀 이 대장의 덕이다.

눈 좌우편으로 흐르는 눈물을 씻을 생각도 않고 멍하니 앉아 있는 늙은 대신.

황혼의 해는 차차 서편 산 뒤로 기울어지려는 때……

『야담野談』, 1936년

1) **벌번罰番**: 번들 차례 외에, 벌로 들게 하는 번.
2) **견평방堅平坊**: 조선시대 초기부터 있던 한성부 중부 8방 중의 하나로서, 현재의 행정구역으로는 종로1·2가, 견지동, 공평동, 수송동, 인사동, 청진동 각 일부에 해당.
3) **순군만호부巡軍萬戶府**: 치안기능 외에 민간의 다툼과 도살, 약탈을 단속하는 기능을 하다 이성계 일파를 도운 공을 인정받아 조선 건국 후 기능이 더욱 강화 되었다.
4) **왕옥王獄**: 조선시대에, 의금부에 딸려 관인 및 양반 계급의 범죄자를 가두어 두던 감옥.
5) **왕부王府**: 조선시대에, 임금의 명령을 받들어 중죄인을 신문하는 일을 맡아 하던 관아.
6) **나장**: 의금부에서 죄인을 문초할 때에 매질을 맡아보던 하급 관원.
7) **옥사獄事**: 살인, 반역 등 중대한 사건.
8) **부마駙馬**: 임금의 사위에게 주던 칭호.
9) **금오랑金吾郞**: 조선 시대에, 의금부에 속한 도사都事를 이르던 말.
10) **대림(화두火斗)**: 다리미.
11) **권병**: 권력으로 사람을 좌우할 수 있는 신분.
12) **봉사손**: 조상의 제사를 맡아 받드는 자손.
13) **당하관堂下官**: 조선 시대 관리들의 품계 가운데 정3품 이하 종9품까지를 일컫는 말이다.
14) **원임原任**: 전직관리.
15) **시임時任**: 현직관리.
16) **어영대장御營大將**: 조선시대, 어영청의 으뜸 벼슬로 종2품에 해당.
17) **호반虎班**: 군에 적을 두고 군사 일을 맡아보는 관리로 무반을 말함.
18) **사자嗣子**: 대를 이을 아들.
19) **순무사**: 조선시대 비상시 대민관계 등을 담당한 임시관직.
20) **체찰사體察使**: 전시 총사령관으로 외적이 침입하거나 내란이 일어난 비상시에 설정하는 임시 직책.
21) **방백**: 관찰사.
22) **환곡미還穀米**: 봄에 백성에게 꾸어 주는 쌀.
23) **여합부절**: 부절을 맞춘 듯 사물이 꼭 들어맞음.

아하! 그때는 이랬군요

조선 정조 때 무관출신 이창운은 어영대장으로 취임하자 자신의 종사관으로 김재찬을 임명했다. 어영대장은 임금을 경호하는 자리이고 종사관은 그 밑에서 문서를 담당하는 관리다. 김재찬은 정승 김익(소설에서는 김억)의 아들이었고, 김제남의 손자였다. 문관이 무관을 우습게 보는 풍조까지 있던 시대에 일개 무관에 지나지 않는 이창운이 하필이면 권력자의 아들을 데려다가 종사관으로 쓰겠다고 하여 많은 사람들의 관심이 쏠렸다. 김재찬은 명령을 받고도 무시하고 출근하지 않았다. 이에 이창운은 '습진령習陳令', 즉 기동훈련 명령을 내렸다. 습진령이 발동되면 준準 전시상태가 돼 군법을 엄격하게 시행할 수 있었다. 명령을 어기면 즉결처분도 가능하게 되는 것이다.

습진령을 내린 이창운은 김재찬을 당장 체포하라고 지시했고 정승이었던 아버지 김익은 군법을 어긴 죄인을 빼돌릴 수는 없어 고심 끝에 편지 한 장을 써서 끌려가는 아들에게 주었다.

김재찬은 이창운 앞에서 무릎을 꿇고 아버지의 편지를 바쳤다. 편지에는 아무것도 적혀 있지 않았다. '백지편지'였던 것이다. 이창운은 고심 끝에 김재찬을 참하는 대신 벌로 당직근무를 명령했고 김재찬은 번을 서면서 이창운 밑에서 많은 배움을 얻고 성장하였다.

평안도 용강 출신인 홍경래가 평안도관찰사를 지낸 적이 있는 서울의 유력자 김재찬을 찾아와 "기왕에 벼슬할 수는 없으니 장사 밑천을 대달라."고 부탁하여 평안감영에 보내는 편지를 써 주어 이것이 평안감영에서 공납금 2천 냥을 차용하게 되는 결과를 가져왔지만 김재찬은 재상으로 '홍경래 난'을 진압하는 데 많은 활약을 한 인물로 평가된다.

연 표

1776년_ 정조 즉위.
1776년_ 이창운 삼도수군통제사에 임명됨.
1781년_ 이창운 어영대장이 됨.
1796년_ 김재찬 이조판서에 임명됨.
1809년_ 김재찬 영의정이 됨.
1811년_ 홍경래의 난.

Tip | 붕당정치의 이해

조선 14대왕 선조는 즉위 초부터 학문에 정진하면서 성리학적 왕도정치 실현을 위해 지방 사림들을 대거 등용하여 사림 정치 시대를 열었다.

그 후 1575년 이조 전랑직을 둘러싼 김효원과 심의겸의 반목에서 비롯된 붕당 간의 대립은 선조에서 순조에 이르기까지 10대 230년간 이어지게 되었다. 전랑직(정5품)은 그 직위는 낮으나 인사권을 좌우하는 직책으로, 전임자가 후임자를 추천하면 공의에 부쳐서 선출하였으므로 관료들 간의 집단적인 대립의 초점이 되었다. 처음에는 동인이 우세하여 서인을 공격하였으나, 동인은 다시 서인에 대한 강온 양론으로 갈라져 강경파인 북인과 온건파인 남인으로 분파되어 임진왜란 이전에 이미 서인 ·남인 ·북인의 삼색(三色)이 형성되었다.

1590년 왜의 동태가 수상하다는 판단에 따라 통신사 황윤길, 부사 김성일 등을 왜국에 보내어 그곳 동향을 살피도록 하였다. 김성일의 주장대로 전란에 대비하지 않는 쪽으로 결론을 냈다가 이듬해 1592년 4월 왜국의 대대적인 침략(임진왜란)을 받았다.

임진왜란 후 선조는 피해 복구와 민심 수습에 전력을 쏟았지만 거듭 되는 흉년으로 쉽게 효과를 볼 수 없었으며 조정은 당쟁이 더욱 악화되어 혼란이 점차 가속화되었다. 결국 선조는 전란의 뒷수습을 마무리 짓지도 못한 채 59세를 일기로 생을 마감했고 의인왕후를 비롯해 8명의 부인과, 14남 11녀의 자녀를 남겼다.

그 중 영창대군은 왕비(인목대비)에게서 태어난 유일한 적출로 선조가 늦은 나이에 낳은 까닭에 왕의 총애를 받아 대신(북인)들은 암암리에 영창대군 지지파(소북)와 광해군 지지파(대북)로 분리되고 말았다. 그러나 1608년 선조는 병이 악화되어 사경을 헤매는 지경에 처하자 현실적인 판단에 근거해 광해군에게 선위교서를 내린다. 우여곡절 끝에 왕위 계승의 결정권은 인목대비에게 넘어갔지만 인목대비는 현실성이 없다고 판단, 언문교지를 내려 광해군을 즉위시킨다.

광해군이 즉위하자 이이첨 등이 이끄는 대북파가 정권을 장악하고, 정권유지를 위해 많은 정적을 제거하였다. 1613년(광해군 5년) 서양갑, 박응서 등 권력가의 7명의 서출들이 역모 꾸몄다 하여 옥에 갇힌 이른바 '7서의 옥'이 발생했다. 이때 이이첨 등은 그들이 역모를 위해 영창대군을 옹립하고 김제남(인목대비의 친정아버지 연흥부원군-서인)이 이를 주도했다는 진술을 유도한 후 외척인 김제남과 그 일족을 처형하였다.

광해군은 인목대비를 죽여야 한다는 대북 세력의 강력한 주장을 물리치고 자신의 판단으로 인목대비를 살려 놓기도 했고, 영창대군을 죽이는 것도 반대했지만, 1623년 김류, 이귀, 김자점 등 사대주의자들과 능창군의 형 능양군(인조)에 의해 폐위 당한다.(인조반정) 인조가 왕위에 오르자 천하는 서인의 수중으로 들어갔으며, 이이첨 · 정인홍 등 대북파 수십 명이 처형되고, 수백 명이 유배되었다. 이후 160여 년 간은 서인이 정권을 장악하게 되었다.

김동인 소개

작가, 비평가, 문예운동가

1900년   평양 출신.

1916년   일본 도쿄 메이지학원 중학부 졸업, 가와바타 미술학교 중퇴.

1919년   화가를 꿈 꿨으나 문학으로 방향을 돌려 동인지 〈창조〉를 발간.

　　　　처녀작 '약한 자의 슬픔' (중편)을 창간호에 발표하면서 이후 단편,

　　　　중편 80여 편,장편 17여 편을 발표.

1929년   장편 〈젊은 그들〉을 동아일보에 연재, 1933년 장편 〈운현궁의 봄〉

　　　　을 조선일보에 연재하여 신문연재 역사소설에 관심을 기울임.

1935년   월간잡지 〈야담〉을 창간.

1942년   천황불경죄로 서대문 형무소에 수감되어 3개월간 옥고를 치르고

　　　　석방 된 후 마약 중독으로 고생함.

1948년   〈을지문덕〉을 연재 중 뇌막염으로 반신불수가 됨.

1951년   6·25 전쟁 중 지병으로 숨을 거둠.